乡 下 女 孩

［爱尔兰］
埃德娜·奥布莱恩
著

李林波　译

九州出版社
JIUZHOUPRESS

The Country Girls
Three Novels and an Epilogue

图书在版编目（CIP）数据

出走 /（爱尔兰）埃德娜·奥布莱恩著；李林波译. -- 北京：九州出版社，2024.3
ISBN 978-7-5225-2598-3

Ⅰ.①出… Ⅱ.①埃… ②李… Ⅲ.①长篇小说—爱尔兰—现代 Ⅳ.① I562.45

中国国家版本馆 CIP 数据核字 (2024) 第 037966 号

The Country Girls : Three Novels and an Epilogue by Edna O'Brien
Copyright © 1960, 1962, 1964, 1986 by Edna O'Brien
Published by arrangement with Farrar, Straus and Giroux, New York.

著作权合同登记号：图字 01-2024-0815

出　走

作　　者	［爱尔兰］埃德娜·奥布莱恩　著　李林波　译
责任编辑	张艳玲　周　春
出版发行	九州出版社
地　　址	北京市西城区阜外大街甲 35 号（100037）
发行电话	（010）68992190/3/5/6
网　　址	www.jiuzhoupress.com
印　　刷	嘉业印刷（天津）有限公司
开　　本	880 毫米 × 1092 毫米　　32 开
印　　张	25.375
字　　数	465 千字
版　　次	2024 年 3 月第 1 版
印　　次	2025 年 6 月第 1 次印刷
书　　号	ISBN 978-7-5225-2598-3
定　　价	138.00 元

★ 版权所有　侵权必究 ★

目 录

序　言　　　　　　　　　01

第一部　乡下女孩　　　　001

第二部　孤独女孩　　　　261

第三部　幸福婚姻中的女孩　557

尾　声　　　　　　　　　754

序　言

　　我突然醒来，猛地从床上坐起。只有心里有事时我才会睡不踏实。我的心跳得也比平时快，过了一会儿才反应过来是怎么了。想起来了，还是那个原因。他没有回家。

　　《出走》①的第一部《乡下女孩》就此开篇，这部20世纪爱尔兰小说中最负盛名、最具争议、最受喜爱且影响深远的作品就此诞生。即便在一个涌现了众多符合上述各类标准的爱尔兰小说的世纪里，《乡下女孩》凭借其创作出版过程，以及其引发的公众哗然，仍在文学史上占据着独特地位。首先是其令人惊叹的创作速度（"这本书是自己

---

① 本书由《乡下女孩》(*The Country Girls*, 1960)、《孤独女孩》(*The Lonely Girl*, 1962)、《幸福婚姻中的女孩》(*Girls in Married Bliss*, 1964) 三部小说组成，1986年三部集结成一册出版，书名为 *The Country Girls: Three Novels and an Epilogue*。——编者注

写出来的",埃德娜·奥布莱恩常说起这部小说奇迹般的完成速度——三周)。其次是它广遭恶评——虽然如今已成传奇——的遭遇(因直白性描写被爱尔兰审查机构查禁,被当地教区神父当众焚毁,妄图在"后《玫瑰经》时代"制造戏剧效果,奥布莱恩本人更收到一连串恶毒的匿名信),这些风波反过来又使作者同时成为轰动性事件的主角与全民公敌。正如历史屡次证明的那样,这部作品面世时遭遇的道德恐慌,最终确保了小说本身和奥布莱恩都成为划时代的象征——在一个极端保守、极度宗教化、制度性厌女的社会中,它标志着一种让爱尔兰女性的声音冲破喧嚣被听到的奋争。肖恩·奥法莱恩[①]曾将爱尔兰这个如今深受诟病的历史时期描述为"沉闷的伊甸园",但较之于奥布莱恩遭遇的滔天怒火与公众谴责,他这一著名描述是远远不够的。

自然,更令局面雪上加霜的是,奥布莱恩随后在国际文坛大获成功。这位所到之处皆受追捧的作家,突然闯入了本应只属于男性文学巨匠的殿堂,而他们显然不欢迎这位闯入者。尤其是弗兰克·奥康纳[②]和莱斯利·珀

[①] 肖恩·奥法莱恩(1900—1991),爱尔兰著名作家、批评家。代表作有《仲夏夜的疯狂及其他故事》(1932)、《孤独的鸟儿》(1936)等。——如无特别说明,本书脚注均为译者注
[②] 弗兰克·奥康纳(1903—1966),爱尔兰剧作家、小说家、批评家、翻译家。代表作有《国家客人》(1931)、《内部关系》(1957)等。

斯·哈特利[①]，他们轻蔑地评价其笔下人物是"花痴"，并称作者本人"对男性品味低劣"，这番言论最终令他们自取其辱。更关键的是，《乡下女孩》及紧随其后的两部同样饱受争议的续篇《孤独女孩》与《幸福婚姻中的女孩》，无情揭露了那个文化、社会与思想被严格禁锢的时代背后人们为此付出的人道代价——这种窒息般的停滞早在20世纪60年代初就已笼罩整个爱尔兰。在一个淫乱至极的天主教教会的支配下，女性生活的方方面面都被一个意识形态上反对女性解放的国家机器肆意干涉和支配，奥布莱恩笔下那些敢于追求超越传统家庭束缚、性奴役、情感疏离和思想压制的女性角色，无疑具有革命性意义。奥布莱恩不仅为失语者发声，更将国家的"脏衣物"公之于众，其肮脏之甚，即便在《乡下女孩》意义深远的出版已过去五十年之后，也仍然需要继续荡涤。如今，这本书从诞生到被焚毁，再到成为备受珍视的经典之作的历程，自然而然地为其文本本身赋予了政治意涵。尽管这种解读不可避免，但若让这部小说动荡的历史遮蔽其作为文学艺术瑰宝的本质，那将是一种遗憾。《乡下女孩》时而优美，时而粗俗，既诙谐，又令人难忘，常被誉为爱尔兰青年女性的经典故事——它

[①] 莱斯利·珀斯·哈特利（1895—1972），英国小说家、批评家。代表作有《虾米和海葵》(1944)、《第六重天》(1946)、《尤斯塔斯和希尔达》(1947)及《送信人》(1953)等。

并非打破窠臼之作,而是开创典范之作。

《出走》主要讲述了凯瑟琳/凯特[①]·布雷迪和布里奇特/芭芭·布伦南这两个女孩相互交织,后又交叉叙述的故事。两人有时结为同盟,有时又互相为敌,一起在20世纪50年代爱尔兰乡村窒息的宗教氛围中长大。读者初识她们时,两人都还在上学。凯特和温柔、慈爱的母亲住在一起。她母亲饱受她酗酒成性、好施暴力的丈夫,即凯特的父亲的折磨。她父亲的酗酒无度和经济上的无能让母女两人生活在惶恐飘摇之中。那个家唯一的维护者是希基,一个薪水微薄的农工。他让这个家得以维持下去,而且,偶尔才让自己享用一只免费的鸡。希基用他的朴实、温暖和可靠给这个受酗酒摧残的家庭带去了慰藉,母女两人都非常担心他会离开,换一份收入高一些的工作。芭芭的生活则可谓有天壤之别。她父亲布伦南先生是当地的兽医,她母亲玛莎最大的爱好就是晚上去当地酒吧,在旅贩们的陪同下喝几杯金汤力。芭芭身上带着一个乡村中产阶级家庭出身的孩子的自负、骄纵和毫无道理的虚荣。凯特才华出众,身上又散发着梦幻般的脱俗文艺气息。芭芭既嫉妒,又恼恨,经常欺负她,挑她的刺。然而,凯特的母亲意外离世后,两人被送到

[①] 原文为"Cait/Kate",译为中文后都为"凯特"。在小说中,芭芭常称凯特为"Cait",而尤金称呼她为"Kate"。

远在郡里另一头的一个沉闷修道院去接受教育，这时芭芭对凯特的依赖越发明显。这一对组合虽然奇怪，但是她们相互陪伴着度过了接下来的几年时光，一起忍受着糟糕的餐食，度过蓬勃生长的青春岁月。当两人在芭芭的主导下，通过一桩精心计划的亵渎行为导致自己被开除时（"可怜的玛格丽特嬷嬷，这是她宗教生涯中遭受过的最严重的打击"），故事发展到了紧要关头。两人决定前往都柏林，去热烈追求想象中大城市将为她们呈上的浪漫与魅力。

两人住进一个寄宿家庭，房主是善良但吝啬的奥地利逃亡者乔安娜。芭芭很快就开始寻求充满冒险的生活，还说服凯特一起把内衣染成了紫色。凯特在一家杂货店找到了新工作，安顿了下来，生活过得比较满意，但就在此时，家乡的一个幽灵再次出现，以绅士先生的形式——他之所以被如此称呼，是因为他是法国人，读他的法语名字"德·莫里耶先生"对当地人而言是个巨大的挑战。绅士先生年长凯特不少，婚姻不如意，恰到好处地悲观厌世，是一种旧世界优雅的化身，成功地满足了凯特这样一个充满梦想的文艺女孩的想象。算是一种幸运吧，从凯特十四岁那年起，绅士先生就对她表现出越来越浓的兴趣，而且他也渴望这段关系能够向前发展。奥布莱恩用极尽细腻的笔触刻画了这个年轻女孩如何迷恋绅士先生见多识广的异质性外在标志——漂亮车子、外国口音、冷静的薄唇、平稳的情绪和士绅的文化气息，这些与她由于早年遭遇过的情感伤害而对男性形成的预期形成了鲜明对比。这一对准恋人避开窥探的目光，偷来片刻的时光约会，虽然就其所遭遇的愤怒抵制而言，这些情景并不具有强烈的画面感，也没有多直白，但它们仍然居于文学作品中最具性张力的描写之列。凯特对爱情的渴望，以及她后来生理上的欲望，与她自己因缺乏经验且可能会令他失望而产生的恐惧交织在一起，对任何一个曾有过不能企及之爱的读者而言，都是一种细腻、伤感的阅读体验。考虑到首次阅读此书的读者，我不会透露过多，只说一点就足够：狭隘的恶意从不会放过任何机会展示其最残酷的一面，这是苦涩却难以避免的。

《孤独女孩》——曾被拍为电影，后以《碧眼女孩》的名字发行——讲述了两年之后的故事。两个女孩仍然租住在乔安娜家。芭芭现在会花费大量时间去搜寻合适的男人，这些男人要么可以带她逍遥玩乐，要么可以请她美餐一顿。凯特再次出现时，正在快速阅读斯科特·菲茨杰拉德的《夜色温柔》。她迫切想知道"那个男人到底有没有离开那个女人"，这里显然是在暗示她内心对浪漫爱情的幻想仍未被破坏，事实也很快证明确实如此。一天晚上，和芭芭一起外出物色对象时，她被介绍给了尤金·盖拉德，一个古怪、神情忧伤的纪录片导演。他神秘的自我克制让凯特感觉到绅士先生的气息，于是在都柏林的一家书店再次邂逅他时，凯特竟一反常态，大胆邀请他出来喝茶。尤金接受了邀请，一场尴尬的恋情随即开始。再次选择一个年长但更现实的男人之后，凯特很快就发现自己被重新命名（"他叫我凯特，说凯瑟琳听起来太'基尔塔坦'，他不喜欢，也不知道那是什么意思"），而他也不是凯特能完全理解的。尤金与一个似乎是他"前"妻的人旧情未了，这种情况如同幽灵一般笼罩着凯特与尤金的关系，而尤金的管家安娜则像丹弗斯太太[①]一样不懈地加深这种印象。

凯特无法面对结束处女身份这一现实问题，但当她酗酒成性的父亲（通过一封匿名信）发现了这段无实质进展的关系时，一场荒唐闹剧展开了，从而巧妙化解了凯特的尴尬困局。她父亲带着一伙行为粗鲁、举止怪异的人，要从这个正在毁掉他女儿灵魂的新教离婚男人手中夺回他女儿的身体。此处，奥布莱恩尖锐剖析了男性在性方面对女性的双重态度：这是一种所有权观念，一边是男性荣誉，另一边是男性满足。这些互不相容的原则之间斗争激烈，凯特的权利和愿望，甚至于她对自己身心的直接掌控，都被认为要屈从于男性特权，以获得自我和社会的尊重。在描述当中，奥布莱恩从未放弃她

---

① 小说《蝴蝶梦》中的女管家。

对社会进行讽刺的天赋，在戳穿文过饰非方面也毫不迟疑。在整个写作过程中，她将二者有力地运用起来，使得《孤独女孩》较之《乡下女孩》，对爱尔兰社会的批评要尖锐得多，在当时，爱尔兰的整个社会意识都完全依赖于对妇女权利的剥夺。而且，她对生活在这样的社会里，女性的主体意识与个人意志会受到何种影响也做了精准刻画，这也引发了社会的不安。在一个无论是从法律层面还是文化层面都无权选择自己的生活的国家，你又能如何去获得自己想要的东西呢？对于这个问题中包含的自我价值的剥离，以及为了生存而必须遭受的情感操纵，奥布莱恩进行了毫不留情的揭露。

在三部曲中的最后一部，也是最悲伤的一部中，生存成为更加核心的主题。第三部名为《幸福婚姻中的女孩》，颇具讽刺意味。情节跳到了若干年之后，地点也跨海到了伦敦。芭芭·布伦南现在变成了芭芭·杜拉克，因为她嫁给了一个身价百万的粗鲁建筑商，此人一心想实现社会地位跃升，但目标不准。小说中"凯特"的两种拼法"Cait"和"Kate"到这里完全变成了后者。凯特现在被困在与尤金没有感情的婚姻中，住在一幢冰冷的灰色房子里。她唯一的安慰是她深爱的儿子，而她自己则又落回用爱情来逃避现实的旧习，与一个已婚男人开始了一段短暂、无实质进展的婚外情。尤金发现了这段婚外情，两人的婚姻走向最终的破裂，这之后给凯特和她儿子都带去了灾难性后果。尤金无情的非理性和伪善的自我中心主义被精准地刻画出来，令人难以忍受。与之形成对照的，是对芭芭的丈夫的描绘。得知芭芭令他期待已久的怀孕与自己没有任何关系后，芭芭的丈夫先是表现粗暴，但最终选择了原谅。作为两部续篇中的第二部，这本书的价值经常被低估，但实际上它标志着奥布莱恩写作中的一个巨大转变（芭芭有了自己的声音，对凯特的叙述则变成了第三人称，对这一部中更为黑暗的叙事，讲述者不再是凯特一人的声音），第三部给人留下的深刻印象绝不亚于前两部。单就写作技巧而言，要让两个迥然有别的声音合奏在一起——芭芭的声音总是庸俗粗鲁、诙谐可笑（"他把我挑逗得屁股冒火，又把我晾到一边，让我干着急没辙"），与之形成对比，凯特的声音则是越来越哀伤的自我谴责——对于痛楚、爱的失去，以及随之而来的自我的失去等问题如此动人的沉思，体现了一位小说家走向了成熟，拥有了丰厚的创作力量。

在之后漫长而丰富的写作生涯中，奥布莱恩相继创造出多位丰满、动人的女性和男性形象，但凯特与芭芭的魔力从未消退。读者对这两个角色的喜爱是如此之深，以至于1992年《时光与潮汐》出版时，奥布莱恩仍被询问，是否在一定意义上可以将这部新作视为《出走》所含三部小说的尾声。这三部小说真正的尾声附在本书后面。此时，芭芭年纪更大，更为睿智，虽身负重压，但依然出言不逊。后记是芭芭对两个女孩的结局所做的最终讲述,再作增添就有失公允了。

那么,这三部薄薄的小说——它们在奥布莱恩20世纪60年代开始出版时,引发了如此程度的道德骚动,以至于一位后来名誉扫地的政客,向一位随后声名也狼藉的大主教谴责它为"污秽"——从其问世之初的诋毁中幸存下来,生命力远超那些伪善的男性沙文主义批评者,而且声誉与日俱增,原因何在?

答案之一是,它们开了一条先河,树了一面旗帜,画了一道界线。通过创作这三部小说,奥布莱恩让此前被缄默的一代爱尔兰女性将自己的经历讲述出来。在那些被期待遭受暴力、强奸、强迫怀孕、无数危险分娩、家庭奴役,以及因有意或无意给男性亲属带来社会羞耻随时可能被送去收容所的身体中,她注入了关于选择、欲望和感官愉悦的激进氧气。为那些被宗教禁令、制度蔑视和对女性智识肆意贬低等马基雅维利式枷锁所束缚的心灵,她唱响了一曲觉醒之歌,一曲异议之歌,以及一曲向生活寻求更好、更多的必要性之歌。奥布莱恩笔下的女孩们在攻克内在和外在的障碍时,有的成功,有的则未能成功。重要的是,她们从未停止与生活开出的条件做斗争;而作者也从未将这些生活中的女性降至最佳女配角的地位。这些故事永远是关于两个年轻女性如何走向生活,身上背负着怎样的历史,又在命途中为自己创造了怎样的未来。

关于这几部小说如何诞生,并进一步走向全世界,已有诸多故事与讲述。而《出走》能如此经久不衰,另一个原因——也许更为重要——当然是它们自身的艺术价值。在时而痛苦、时而诙谐的文字中,奥布莱恩汲取了她挚爱的乔伊斯的语言妙用,学习乔伊斯是如何倾心于刻画人性高峰和低谷的交错起伏,另辟蹊径,创造了完全属于自己的风格。这几部小说引起了令人心碎的共鸣,展示了毫无遮掩的坦诚,以及无与伦比的美。因此,它们长盛不衰;无论文学潮流如何变化,时光如何流逝,它们永远充满人性,始终真实,真实且美妙。

艾默尔·麦克布赖德
2017 年 3 月

艾默尔·麦克布赖德（1976— ）

爱尔兰作家，出生在英国，父母都是爱尔兰人，三岁时随父母回到爱尔兰，代表作有《女孩是半成品》(2013)与《小波希米亚人》(2016)。

第一部

乡下女孩

1

我突然醒来，猛地从床上坐起。只有心里有事时我才会睡不踏实。我的心跳得也比平时快，过了一会儿才反应过来是怎么了。想起来了，还是那个原因。他没有回家。

下楼前，我在床边又坐了一会儿，手摩挲着绿色的绸面床罩。昨晚我们忘记叠床罩了，我，还有妈妈。我慢慢滑下床，脚踩到了地上冰冷的油毡，脚趾头下意识地缩了起来。我有拖鞋，不过妈妈说去姨妈和表妹家时才能穿。我们也有毯子，都卷起来放抽屉里了，夏天有客人从都柏林来的时候才会铺开。

我穿上踝袜。

一阵煎培根的味道从厨房里飘上来，不过这没能让我高兴点。

我走到窗前拉起百叶窗。窗帘猛地卷上去，绳子缠在了上面。幸亏妈妈下楼了，她经常教育我要好好拉百叶窗，要温柔些。

太阳还没有出来,草坪上星星点点的雏菊仍在熟睡,到处洒满了露珠。窗下的草坪上,草坪周围的篱笆上,篱笆外生了锈的铁丝网上,更远处的地里,处处蒙着一层柔和、游移的雾气。树叶、树干都沐浴在雾里,似乎不是真实的树,像是在梦里。篱笆外长出来的勿忘我上,有一圈一圈的水珠,闪着银色光泽的水晕。非常安静,非常完美的寂静。远处幽蓝的山顶有轻烟升起。看样子会是炎热的一天。

看见我出现在窗前,牛眼从篱笆下跑过来,抖了抖身上的水珠,懒洋洋地抬起头看着我,眼神悲伤。牛眼是我家的牧羊犬,我给它起这个名字,是因为它的眼睛黑白相间,像那种罐装糖果。牛眼一般睡在草皮房子里,但昨晚它一直待在篱笆下的兔子洞里。爸爸不在家时,牛眼就睡在那儿,一直守着。不用问了,父亲还没回来。

希基这时在楼下喊我。我正在脱睡袍,蒙住了头,一开始没听到他叫我。

"什么?你说什么?"我身上裹着绸面床罩,走到楼梯口问。

"老天,喊得我嗓子都哑了。"他抬头笑着问,"早餐的鸡蛋要白皮的还是红皮的?"

"好好跟我说话,希基,叫我宝贝。"

"宝贝!宝宝,贝贝!亲爱的,你早餐的鸡蛋要白皮的还是红皮的?"

"要红皮的,希基。"

"我给你找了一个特棒的小母鸡的蛋。"他说着回了厨房,门砰的一声关上了。妈妈一直教不会他轻轻关门。希基是我家的工人,我爱他。为了证明这一点,我向圣母玛利亚大声说我爱他。金边相框里,圣母玛利亚冰冷地看着我。

我说:"我爱希基!"她一声不吭。她不怎么说话,我觉得很奇怪。她曾开口对我说过一次非常私密的话。那次,我半夜下了床,对她说出了我的愿望。作为一种赎罪的方式,我每天晚上会下床六七次。我害怕地狱。

没错,我觉得我爱希基;当然了,我的意思是我喜欢他。七八岁时,我经常说要嫁给他。我对每个人,包括教义问答考官,都说我们要住在养鸡场,有免费的鸡蛋、免费的牛奶,还有蔬菜,都从妈妈那儿拿。其实地里种的蔬菜只有包菜。不过现在我不怎么说结婚的事了。一个原因是,希基从来不洗澡,要洗也只是每晚蹲在桶跟前往脸上扑两下雨水。他的牙泛着绿色,床下还放了个桃子罐头桶,每天晚上睡觉前就在里面解决问题。妈妈为此责骂过希基。妈妈晚上经常睡不着,等他回家,等着听到希基抬起窗户,把罐头桶里的东西倒在外面的水泥地上。

"他要把窗子下面的灌木弄死啊,肯定会弄死的。"妈妈常常这样说。有时她气极了,穿着睡袍就下楼敲希基的门，问他为什么不去外面解决。可是希基从来不回答她，真狡猾。

我很快就穿好衣服，弯腰拿鞋时，看见床下积了一层灰尘和毛絮，还有几根羽毛。我这时心里难受得厉害，不想拖地，就把床上的被子拉平，快步走出了房门。

楼梯口和往日一样昏暗，斑驳的窗玻璃非常丑，让这个地方更显阴郁，就像刚刚有人在这房子里死去。

"这个鸡蛋会像个子弹。"希基叫我了。

我说了一声："来了！"我得先洗漱。卫生间特别冷，从来没人用过。这是个废弃的卫生间，洗手盆上有块锈迹，就在冷水龙头下面，旁边放着一块全新的粉红色香皂，还有一条僵硬的白毛巾，硬得就像在霜冻中挂了一整夜。

我还是别自找麻烦了，于是打了一桶水提到厕所。马桶冲不了水，我们盼几个月了，一直没人来修。那天同学芭芭来我家时，问了句能要我命的话："还没修好吗？"我家的东西要么坏了，要么根本就没用过。妈妈在楼上的一个柜子里放着一把新剪刀、几卷新绳子。她说如果拿下楼，要么会丢，要么会坏，没别的可能。

父亲的房间正对着浴室，房里的椅子上扔着几件旧衣服。他不在家，可我能听到他膝盖嘎嘎的响声。他上床下床时，膝盖总嘎嘎地响。希基又在喊我了。

妈妈坐在灶台旁咬着一片干面包，小小的绿松石色眼睛疲惫不堪。她一晚都没睡。妈妈直直地注视着前方，注视着只有她自己能看到的东西，注视着命运和未来。希基冲我挤挤眼，他正吃着三个煎鸡蛋，几片我们家自制的培根。他用面包蘸了蘸蛋黄液，放在嘴里吮着。

"你有没有睡觉？"我问妈妈。

"没有。你嘴里有块糖，我担心你万一咽下去噎着了，就一直醒着。"我们枕头下总压着糖和巧克力，我入睡前吃了一颗水果糖。可怜的妈妈，没有她不操心的时候。我猜她是躺床上想着爸爸的事，等着听到有车停在我家路口，等着听到他的脚步声穿过潮湿的草地，等着听到大门搭扣响的声音——一边等待，一边咳嗽。她躺下时总是咳嗽，所以在铜床的一根柱子上系了个绒布袋子，里面装了几片旧布当手帕用。

希基给我的鸡蛋抹上黄油。鸡蛋有点硬了，他在上面涂一点黄油润一下。这是一只小母鸡下的蛋，放在那个大大的瓷蛋杯里刚冒出一点头。大杯里的小鸡蛋，看上去很好笑，不过味道很好。茶是凉的。

我问妈妈："我能带些丁香花送给莫里亚蒂老师吗？"趁妈妈难受的时候提起给老师送花的事，我为自己感到羞愧，但我特别希望能赢芭芭，成为莫里亚蒂老师最喜欢的学生。

"可以啊，亲爱的，想带什么就带什么吧。"妈妈心不在焉地回答。我过去搂住她的脖子，亲了亲她。她是世界上最好的妈妈。我把这话告诉她,她紧紧地搂了我一会儿,似乎再也不愿放我走了。在这个世界上,我是妈妈的一切,一切。

"又婆婆妈妈的。"希基嘟囔。我松开了搂扣着她柔软白皙脖颈的双手,不好意思地放开了。妈妈的思绪飘得很远了,母鸡也还没有喂。几只鸡从院子那边跑过来,在后门外在牛眼的食盆里啄食。我听到牛眼追着母鸡跑,母鸡拍打着翅膀使劲飞,咯咯乱叫。

希基说:"太太,镇上的集会厅里要演戏了,你应该去看看。"

"我应该。"妈妈的声音里有一丝讽刺。她凡事都依赖希基,有时候却对他有些尖刻。她在想事情。是在想他在哪儿?他会被救护车送回来,还是会开着那辆三天前从贝尔法斯特租的车回来?租车的钱还没付。他会不会手里挥舞着一瓶威士忌,踉踉跄跄地走上后门外的台阶?他会对她喊叫,动手,杀了她,还是会道歉?他会不会和某个醉醺醺的家伙一起倒在家门口,喊着:"孩子妈,来,见见哈利,我最好的朋友。我刚把那十三英亩[①]草地给了他,换了那只最可爱的灰狗……"这样的场景在我家一次次上演,但凡不是太过愚蠢,都不会幻想父亲会在清醒的状态下回家。他又走了,三天了,走的时

---

① 1英亩约合 4046.86 平方米。

候口袋里装了六十镑去交税。

"加点盐,宝贝。"希基说着,用大拇指和食指捏了一点盐撒在我的鸡蛋上。

"不要,希基,不要加。"那时候我吃鸡蛋不加盐了,装模作样地,我认为不加盐也不加糖才是大人的做派。

"太太,要我干点啥活呢?"希基问,一边趁闷闷不乐的妈妈无暇注意,给面包片两面都使劲抹上了黄油。妈妈对食物并不吝啬,但希基实在是太胖了,再胖下去就没法干活了。

"要不,去泥塘吧。草皮干得差不多能站人了,后面可能再没好天气了。"她说。

"他是不是不该去那么远的地方啊。"我说。万一爸爸回来了,我希望希基能在身边。

"他可能一个月都不回来了。"妈妈说。她的叹息声让人心碎。希基拿了放在窗台的帽子,起身去放牛。

"我该去喂鸡了。"妈妈说着,从下面的炉子上端出一锅熬了整晚的鸡饲料。

妈妈到外面的牛奶场把鸡饲料捣烂,我则为自己准备在学校吃的午餐。我拿起鱼肝油和复合糖浆瓶子摇晃了几下,这样妈妈就会以为我喝过了。我把瓶子放回碗柜,旁边的那一排道尔顿盘子是妈妈结婚时收到的礼物,但我们从来没用过,怕碰坏了。盘子后面塞了一堆账单,有几百张。爸爸从不为账单操心,他把账单塞到盘子后面,然后就忘了这回事。

我出来采丁香花。站在石阶上眺望田野,我看着远处各种各样的树和一幢幢的石头建筑,看着田野,它们是那么绿、那么宁静。像往常一样,我感觉到自由和喜悦正喷涌而出。栅栏外有一棵胡桃树,树荫下开着蓝风铃花,高挑的花茎,浓郁的蓝,天空一样湛蓝的花朵,在石灰岩块围成的洞里开成了一个花窟。我的秋千在风中摇荡,所有树梢的叶子都在轻轻颤动。

"午餐带一块蛋糕和几块饼干。"妈妈说。她很宠我,经常给我准备美味的小点心。她正在鼓捣一桶鸡饲料和土豆块,说话时也没抬头,算是对着鸡饲料喊了。

"唉,这就是生活,有的人干活,有的人花钱。"她说着提起桶走到院子里。几只母鸡跳到桶沿上去啄食。由于总要提桶,她的右肩比左肩低。重活把妈妈压垮了,她努力让家里的一切正常运转,晚上还要自己做灯罩,做壁炉屏风,让家里更好看一些。

一群大雁鸣叫着飞过头顶,飞过房子,又飞过远处的榆树林。到了夏天,奶牛会去榆树林里乘凉。到了树林里,牛群后面就跟着一团苍蝇。我常在树林里用残缺的瓷器和纸盒玩开商店游戏。那里也是我和芭芭坐在一起分享秘密的地方。有一次我们脱掉内裤,互相挠痒痒,这是我俩之间最大的秘密。芭芭常说她要说出去。她每次这么一说,我就会送她一条丝绸手帕、一条格子丝带,或是别的什么东西。

"别无精打采的,我亲爱的小宝贝。"希基边说,边准备好给小牛喝的四桶奶。

"希基,你想事情的时候,都想些什么呢?"

"美女啊,漂亮小媳妇啊。想嘛,就是哄自个儿开心的。"希基说。小牛在牛栏后哞哞地叫着,他一过去,每头小牛都把脑袋伸进桶里贪婪地喝起来。那头长着紫罗兰色大眼睛的白脑袋小牛喝得最快,把鼻子都伸进旁边的桶里了。

"它会消化不良的。"我说。

"可怜的小东西,晚上该给它吃顿荤菜了。"

"长大了我要当修女,这就是我常常想的事情。"

"在我眼里,你就是修女。凯里修道会——两个脑袋枕一个枕头。"我觉得有点恶心,就去采丁香花了。房子侧面的水泥地发绿了,滑腻腻的。接雨水的桶就放在那儿,有时会溢出来。那地方正好就在希基的窗户下面,他每天晚上都把桃罐头桶里的东西倒在那儿。

我走在草地上的时候弄湿了凉鞋。

"走路注意点。"妈妈说着从院子里走过来,一只手提着一个空桶,另一只手里拿着几个鸡蛋。妈妈总能在你告诉她之前就知道一切。

丁香花湿漉漉的,我每折一枝,上面的水滴就像熟透了的醋栗果一样洒落在草地上。我采了一大捧抱在怀里,像抱着一截花树。

"别,不吉利。"妈妈忙喊,我就没往屋里走。

她拿来一张报纸将花茎包住了,免得打湿我的裙子。她又拿出我的外套、手套,还有帽子。

"这么暖和,用不着的。"我说。但她温柔地坚持要我穿上,再次提醒我,我的胸肺不好。于是我穿上外套,戴上帽子,拿了书包,还拿了一块蛋糕和一柠檬水瓶牛奶当作午餐。

我心里充满恐惧,浑身发着抖往学校走。我可以在路上等着他,不然他可能会回到家杀了妈妈。

"你会来接我吗?"我问妈妈。

"是的,宝贝,等希基吃完饭,我收拾一下就去路上接你。"

"一定会吗?"我的眼泪已经出来了。我总是害怕自己在学校时,妈妈会死去。

"别哭啊,亲爱的。好了好了,你得走了。你午餐有好吃的蛋糕,我也会去接你的。"她正了正我的帽子,把我亲了三四下。她站在水泥地上目送我,朝我挥着手。她穿着那件褐色长裙,看起来是那么忧伤。我走得越远,她看起来就越是忧伤。她仿佛是雪地里的一只麻雀,褐色的麻雀,忧虑,孤独。很难想象妈妈结婚时的样子:那是一个阳光明媚的早晨,她穿着蕾丝长裙,戴着一顶缀满金凤花的帽子,欢喜湿润了她的双眼;而现在,她的眼里都是泪水。

希基正把牛群赶往远处的田地,我叫住他。他走到我前面,裤腿扎进厚厚的羊毛袜子里,帽子反着戴,帽檐搭在后脑勺下面。他走起路来像个小丑,不管在哪里,我都能凭走路姿势认出他。

"那是什么鸟?"我问他。开花的马栗树上有只鸟,叫声听起来似乎是:"听呀,听呀!"

"黑鸟。"他回答。

"不是黑鸟,我明明看见是棕色的。"

"好吧,聪明鬼,是棕色的鸟。我有活要干,总不能到处问鸟叫啥名字、多大了、有什么爱好、爱吃什么味道的蜗牛,这个那个的。像那些来布伦看花的傻帽一样。还真是来看花的!我是个干活的人,得把这个地方扛起来。"没错,希基干了大部分的活,然而,这个地方会被毁掉的,整个四百英亩①的地方,全部都会被毁掉。

"快走吧,小家伙,不然我要打屁股了。"

"你敢!希基!"我都十四岁了,希基不能还这么随便地跟我说话。

"来啄一个。"希基说着,温暖的灰色大眼睛看着我笑了起来。我耸耸肩赶紧跑开。"啄一个"是希基的专用语言,意思是亲一下。我已经两年没有亲过他了。两年

---

① 约合 161.9 公顷。

前的一天,妈妈拿一块软糖激我,问我敢不敢亲希基十下,那天以后我就再也没有亲过他。那天,爸爸因为大喝了一场进了医院,正在恢复中。那是难得见到妈妈快乐起来的时候。只有在爸爸大醉之后的几个星期里,妈妈才能松一口气,可接下来又得为他下一次的大醉担忧了。那天,妈妈坐在后门外的台阶上,我胳膊上套着一卷毛线,她在把毛线绕成团。希基从集市上回来,告诉她买小母牛花了多少钱。就是这时候,妈妈问我敢不敢为了一块软糖亲希基十下。

我匆匆穿过草坪,心里很害怕,爸爸随时都可能出现在面前。

他们把它叫作草坪,因为以前的确是一片草坪,那时还矗立着一座大房子。后来黑棕部队①来了,烧了大房子,而我父亲并不像祖先那样以土地为荣,这块地方就逐渐荒芜了。

我穿过田野尽头多刺的灌木丛,再过去就到了藤条大门。

灌木丛里长满了野蔷薇、蕨草苗、泽菊,还有针簇状的蓟草。这些花草下,数不清的小野花星星点点,覆盖了整片土地。细密的蓝花、白花、紫罗兰色的花——

---

① 在爱尔兰独立革命中,英国为了镇压爱尔兰共和军,招募了一批退伍军人组成保安队预备队,这些军人身穿黑色或棕色军装,因此被称为"黑棕部队"。

从土壤里涌出来的小小的纯净的歌谣。这些花儿，藏在荆棘丛和蕨草苗下面，多么神秘、美丽、珍贵。

我换了一只胳膊抱丁香花，出了大门，走到路上。杰克·霍兰正在等我，看到他靠墙站着，我吓了一跳，以为是爸爸。他们身高差不多，而且都喜欢戴宽檐帽子。

"啊，凯瑟琳，好孩子。"他和我打着招呼，把藤条门拉开让我侧身出来。门不能全打开，我只能侧着身挤出来。他把铁丝搭扣挂上，和我一起走在纤道上。

"一切都好吧，凯瑟琳？你妈妈还好吧？你爸爸肯定没在家。这些天，我早上常看见希基去乳品厂。"我回答说一切都好，心里想着妈妈的格言："要哭也要自己一个人哭。"

2

"凯瑟琳,蜿蜒小路积水了,我送你过去。"

"路上没水,杰克,求你了,再别说下雨了,这和在屋子里打伞一样灵,说了就会下的。"

杰克微微一笑,用手碰了碰我的胳膊肘。"凯瑟琳,你一定听过科勒姆[①]的那首诗:'积水的蜿蜒小路,褐色的沼泽地,黑色的水;我的心啊,在白色的船上,在西班牙国王的女儿身上。'不过,当然了,"他咧嘴一笑,"我的心,在离家更近的地方。"

我们正路过绅士先生家,大门上着锁。

"绅士先生不在吗?"我问。

"毋庸置疑。这个怪人,凯瑟琳,这是个怪人。"我说我觉得他不怪。绅士先生相貌漂亮,住在山坡上的那幢白房子里。那幢房子有着塔楼一样的窗户,教堂一样

[①] 帕德里克·科勒姆(1881—1972),爱尔兰诗人、小说家、剧作家、儿童文学作家。

的橡木门。绅士先生常在晚上下棋。他在都柏林当律师，周末就回到这里的家；夏天来了，他就去香农河上驾船游玩。绅士先生当然不是他的真名，但所有人都这么称呼他。他是法国人，真名叫德·莫里耶先生。不过没有人能够用标准的发音读出他的名字。无论如何，他都是位出众的人物，灰白头发，穿着绸缎马甲，我们当地人就把他叫作绅士先生。他自己似乎也很喜欢这个名字，签名也会写成J. W. 绅士。J. W. 是他教名的首字母，J代表雅克，W是另外一个什么名。

我还记得去他家的那一天。就在几个星期前，爸爸给了我一封信，派我去他家——我猜是为了借钱。跑到柏油大道的尽头时，两只猎狗突然从房子旁边冲了出来，一齐扑向我。我尖叫起来，绅士先生从温室里走出来，脸上带着微笑。他把狗带到一边，将它们关到了车库里。

绅士先生把我领到前厅，又开始微笑。他有一张忧伤的脸，但他的笑容很有魅力，遥远，又非常和蔼。客厅里的桌子上放着一个玻璃箱，里面有一条鳟鱼，箱子上贴了一个打印的标签，上面写着：J. W. 绅士捕捞，德格湖，重20磅。

厨房里飘来烤肉的香味和滋滋声。以厨艺精湛著称的绅士夫人，一定在往烤肉上刷油。

绅士先生用裁纸刀拆开爸爸给他的信，读的时候眉头皱了起来。

"告诉他这事我会考虑的。"绅士先生对我说。他说话的时候,似乎有一颗李子核卡在嗓子里。他的法国口音一直没有消失,但杰克·霍兰说这不过是一种做作。

"吃个橙子?"餐桌上的雕花玻璃碗里有两个橙子,他从里面拿出一个。他微笑着把我送到门口,笑容中带有一丝狡黠。他和我握手时,我心里泛起一种奇怪的感觉,似乎有人正从我身体里轻轻挠着我的胃。我穿过平整的草坪,从樱桃树下走过,来到了外面的柏油道上。绅士先生还在门口站着。我回头去看,阳光洒在他身上,也洒在雪白的房子上,楼上的窗户一片火红。我拉上大门时,他朝我挥挥手,转身进去了。我心想,他会用精致的杯子喝雪莉酒、下棋、吃法式蛋奶酥,还会吃烤鹿肉。在我就要想到绅士先生古怪的高个子太太时,杰克·霍兰又说话了。

"你知道吗,凯瑟琳?"

"什么,杰克?"

和杰克在一起,若碰到父亲,至少他可以保护我。

"你知道吗,很多爱尔兰人都有皇室血统,但自己并不知情。在爱尔兰,那些漫步在马路上、骑着自行车、品着茶、在朴实的大地上耕种的人,他们中的很多人虽是国王、王后,却对自己的高贵血统一无所知。你的母亲,她举手投足之间就有王后的风范。"

我叹了口气,杰克对卖弄语言的痴迷真是无趣。

他还继续说:"'我的心啊,在白色的船上,在西班牙国王的女儿身上。'不过,我的心在离家更近的地方。"他怡然自得起来,开始为一家本地报纸的专栏构思一段话——"与一位豆蔻年华的女子,行走在水晶般清澈的早晨,谈论着戈德史密斯[①]与科勒姆的诗行,心中一念闪过,我正行走于……"

纤道到了头,我们来到了大路上。路面非常干燥,走路时会有灰尘扬起。半路遇到了去乳品厂的车,车上装牛奶的罐子哐当哐当地响,车主人用缰绳抽打拉车的驴子,喊着:"驾——驾!"经过芭芭家时,我加快了脚步。她的粉红女巫牌自行车斜靠在房子的侧墙上,闪闪发亮。从外面看,她家的房子就像玩具娃娃的房子,外墙面贴着鹅卵石,楼下的房间有两个弧形窗户向外拱出,前花园里有几个圆形的花坛。芭芭的父亲是兽医。忸怩、漂亮、恶毒的芭芭是我的朋友,也是除了父亲之外我最害怕的人。

"你妈妈在家吗?"杰克终于问了,嘴里哼起了什么曲子。

杰克尽量让自己听起来随意一点,但我非常清楚,这正是他在常春藤墙下等我的原因。他把奶牛赶到从一

[①] 奥利弗·戈德史密斯(1730—1774),爱尔兰诗人、散文家、戏剧家。

个邻居那儿租来的围场后,就站在藤条大门边等我了。他不敢进去。自从那天晚上爸爸命令他从厨房出去,他就不敢再进来了。那天,他们在一起玩牌,杰克在桌下把手放在了妈妈膝上。妈妈没有做出反抗,杰克一向对她很不错,会把他从旅行商贩那里得到的蜜饯果皮、巧克力、果酱样品等小礼物送给她。一张牌掉在地上,爸爸弯下腰去捡,接着桌子就被掀翻在地,瓷灯也摔碎了。父亲大喊着撸起袖子,妈妈叫我去睡觉。我的房间就在厨房上面,暴躁高亢的嘶喊声透过天花板传到了我的房间。那样的嘶喊声!粗暴,激烈。像蒸汽压路机开过去的噪声。妈妈哭着,哀求着,她的哭声无助又悲切。

"麻烦就要来临了。"杰克说,陡然将我从一个世界带到了另一个世界。他这样说,似乎我的世界末日已经到了。

我们正在路中间走着,这时身后传来一阵无礼的自行车铃声。是芭芭来了,她骑着新的玫粉色自行车,看上去光彩照人。她高昂着头从我身边骑过,一只手揣在兜里,黑色的头发编成辫子,发梢上系着蓝色丝带,和她当天穿的蓝色短袜正好相配。我看到她的双腿晒成了好看的棕色,心里很是嫉妒。

她从我们身边经过,然后放慢速度,左脚尖擦着黝蓝的柏油路停了下来。我们追上她时,她从我怀里抢过丁香花,说:"我帮你拿。"她把花放在车前面的筐里就骑着车走了，还大声唱着"我要，我必须要结婚"。所以，她会把丁香花送到莫里亚蒂老师手里，并因为送花而得到所有的表扬。

"你不该承受这些，凯瑟琳。"杰克说。

"是啊，杰克，她不能把花抢走，太霸道了。"但杰克说的完全是另一件事，和父亲有关，和我们的农场有关。

我们路过灰狗旅店时，奥谢太太正在擦拭门把手。她戴着发网，用几根烟斗通条当束发带把头发扎得紧紧的，头皮都露了出来。她脚上的居家拖鞋看上去像是被灰狗啃过。倒也真可能是让灰狗给啃过了，这家旅店主要的住客就是灰狗，奥谢先生认为这是他的致富之道。每天晚上，他都去利默里克斗狗，奥谢太太去裁缝店里喝波特酒。裁缝是个喜欢八卦的人。

"早上好，杰克！早上好，凯瑟琳！"奥谢太太的语气有些过分热络，杰克的回应却很冷淡。奥谢家的生意妨碍了杰克的生意。杰克在街上开了一家杂货店兼酒吧，但很多人晚上都来奥谢太太店里喝酒，因为她这里的火炉烧得很暖和。酒客们能喝到深夜，她贿赂了警察，他们不会来查她的店。我差点踩到两只在店外的垫子上睡觉的狗。狗湿乎乎的黑鼻子伸到了人行道上。

"您好！"我打了个招呼。妈妈告诉我和奥谢太太说话时要注意点，因为奥谢太太让爸爸在她店里赊了很多账,结果就是现在她家有十头奶牛终生可以在我家草场上免费放牧。

我们经过旅店,灰扑扑、潮乎乎的旅店一副败落的样子,窗框腐坏了,门上到处都是焦躁而精力旺盛的小灰狗抓过的痕迹。

"凯瑟琳,我有没有跟你说过,旅行商贩要是来这位太太店里吃午餐,除了煎鸡蛋或三文鱼罐头什么也吃不到?"

"说过,杰克,你说过了。"他跟我说过五十遍了,这是他挖苦奥谢太太的一种方式,他认为贬低她,就能贬低旅店的名声。但本地人还是喜欢灰狗旅店,因为深夜在厨房喝几杯很放松。

我们在桥上站了一会儿,看着幽绿的水从旅店地下室的窗户旁流过。水是绿色的,岸边的柳树让水色更绿了。我想看看有没有鱼,因为希基喜欢在晚上钓鱼,同时我也等着杰克,看他到底什么时候才能不再拐弯抹角,把想说的任何事情都说出来。

公交车开了过去,在路两边扬起灰尘。下面有什么东西跳了一下,可能是一条鱼。我刚刚只顾着挥手,向公交车挥手成了我的习惯,没看到是不是鱼。一个水圈泛进另一个水圈里,当最后一个水圈消失时,杰克说:"你住的地方抵押了,现在属于银行了。"

但是,他的话和桥下绿幽幽的河水一样,对我没有造成任何困扰。这和我没什么关系,他的话和水都跟我没什么关系。至少我那时是这样认为的。我和杰克说了再见,爬上山去学校。抵押,什么意思?我自己想不出答案,决定去问问莫里亚蒂老师,或许最好是去查那本巨大的黑色词典。那本词典就放在学校的书柜里。

教室里闹哄哄的。莫里亚蒂老师正低头看一本书,芭芭正在教室后面的圣母月圣坛上摆放丁香花(我的丁香花)。年龄小一点的女孩们坐在地上把各种颜色的橡皮泥混在一起,大一点的女孩三个四个地凑在一起聊着天。

迪莉娅·希伊正在清理天花板角落里的蜘蛛网。她把一块布绑在开窗杆的一头,从教室的一角走到另一角,拖着这块布沿着粉刷过的墙和灰扑扑、褪了色的地图一路抹过去。有爱尔兰地图、欧洲地图和美国地图。迪莉娅这个可怜孩子,和奶奶住在一个小房子里。学校里的脏活都是她的。冬天的早晨,她要负责生火,在其他同学进教室前就要把炉灰清扫干净。每个星期五,她负责打扫厕所,先用笤帚扫,再打一桶水加上杰伊斯消毒液清洗。迪莉娅有两条夏天的裙子,隔一晚洗一次,所以她看起来总是干净、整洁的,衣服也洗得发白了。她告诉我,长大后她会去当修女。

"你迟到了,看看会不会杀了你,灭了你,宰了你!"我进教室时芭芭对我说,于是我走过去向莫里亚蒂老师道歉。

"怎么了？什么事？"莫里亚蒂老师从书本中抬起头，不耐烦地问。这是本意大利语书。她通过函授学了意大利语，夏天的时候去罗马，还见过教皇，是个非常聪明的女人。她让我回到座位上去；她看意大利语书被我看到了，因而很不高兴。我坐下时，迪莉娅小声对我说："她从来都不会放过你。"

所以呢，芭芭让我去认错根本就是无中生有，我本可以不理她。我掏出一本英语书，开始读梭罗的《冬日清晨》——"我们轻轻拉开门闩，让雪落了进来，然后走到门外，刺骨的寒气迎面扑来。星星的光彩已有些黯淡了，一层朦胧的灰白雾气镶在了地平线上"——刚读到这里，莫里亚蒂老师就让大家安静。

"今天有个好消息要告诉大家。"莫里亚蒂老师说着看向我。她的眼睛不大，眼珠是蓝色的，目光很犀利。你可能会以为她生气了，但实际上只是她读书用眼过度，视力不好。

"我们学校获得了一项荣誉。"莫里亚蒂老师说，我感觉自己的脸颊开始发烫。

"你，凯瑟琳，"她直视着我说，"获得了奖学金。"我站起来感谢她，所有同学都鼓起掌来。莫里亚蒂老师说，为了表示庆祝，这一天就不用做太多功课了。

"她要去哪里？"芭芭问。她把丁香花插到几个果酱罐子里，围着圣母像摆成了一个呆板的半圆形。老师说了修道院的名字,那个修道院在我们郡的另一头,没有公交车能到。

迪莉娅让我在她的纪念册上写几句话,我写了一些伤感的文字。这时有人将一张折起来的小字条从后面扔到了我桌子上,我打开一看,是芭芭扔过来的,上面写着:

9月份我也会去那里,我父亲都安排好了,校服我已经买了。当然我是自己付学费的,自己付钱更光彩。你真是个大笨蛋。

芭芭

我的心一沉,立刻意识到我要搭她家的便车了,芭芭还会把我爸爸的事讲给修道院的每个人听。我真想哭。

这一天过得很慢。我一直想着妈妈,她听到奖学金的事一定会很高兴,我上学的事常让她操心。三点钟我们就放学了,我并不知道,那是我在学校的最后一天。我再也不能坐在课桌旁,闻着粉笔的味道、老鼠的味道,还有扫地时扬起的尘土的味道。我如果知道那是自己在学校的最后一天,一定会哭出来,或者用三角板的一角把名字刻在我的课桌上。

我忘了"抵押"的事。

3

我在衣帽间穿衣服时,芭芭出来了。她对莫里亚蒂老师说了声"回见"。芭芭在学习上脑子不行,却是莫里亚蒂老师的宠儿。她把白色羊毛开衫像斗篷一样围在肩上,两只袖子垂下来晃荡着。真是个自以为是的家伙。

"你穿的什么玩意儿啊,又是什么鬼外套,又是帽子又是围巾。已经到5月啦!简直像个因纽特人。"

"因纽特人是什么?"

"关你什么事!"她并不知道。

她站在我面前,盯着我的皮肤看,好像我满脸都是黑头和雀斑。我能闻到她身上的香皂味,这个味道很奇特,像香水,又像消毒水。

"你用的是什么香皂?"我问她。

"你管我用什么香皂,用你的石碳酸皂就行了。反正呢,你就是个讨人厌的乡巴佬,都不在卫生间里洗脸,我的天,就在洗碗池里倒几碗水,洗脸布都是你妈妈用破布做的。你家的卫生间到底是用来干什么的?"她说。

"我们有一间客房。"我的怒气直往上冲,快控制不住自己了。

"天哪,对,你们有客房,里面堆的是燕麦。那地方像个破粮仓,窗台上的箱子里还有小鸡;你家厕所冲水的拉绳修好了吗?"

真是奇怪,她说起话来像机关枪,却不会写作文,每次都霸道地命令我替她写。

"你的自行车呢?"往外走时我问她,心里有些嫉妒。早上她骑着自行车出够了风头,我不愿和她一起走,到时候她慢悠悠地蹬着自行车,我得在一旁一路小跑。

"中午回家吃饭放家里了,收音机上说要下雨。你家楼上那个古董呢?"她指的是妈妈的那辆老式自行车,我有时会骑一下。

我俩沿着纤道往村子里走,我能闻到她身上的香皂味。她的香皂味,她整洁的医用胶布,还有她那么可爱的笑容;她脸上的小酒窝,柔和的体态,恰到好处的圆润——所有这些都能让我杀了她。医用胶布是她用来装模作样的,为了把注意力吸引到她圆润、柔软的膝盖上。她跪的次数不像我们其他学生那么多,因为她是合唱团里唱得最好的。除了祝圣仪式、望弥撒时,她可以一直坐在钢琴凳上不起来,抠指甲上的月牙玩,好像也没人介意。她膝盖上缠的窄条医用胶带,是从她父亲的诊所免费拿的,总有人问她膝盖是不是受了伤。大人们都喜欢芭芭，都爱关注她。

"有什么新鲜事吗?"芭芭突然问我。每到这个时候，不知为什么，我总觉得即便是编故事，也得说点好玩的事给她听。

"我们从美国买了一条灯芯绒床罩。"话一出口，我就后悔了。芭芭可以吹嘘，她吹嘘的时候人人都在听，而我一吹嘘，人人都在笑，还指指点点；一切都始于我说我家的会客室是客人用来开会的那天。芭芭没有一天不把"我妈妈度蜜月时见过大本钟"挂在嘴上，每次她在学校里这么说，别的女孩都满脸羡慕地看着她，好像世界上只有她妈妈见过大本钟。虽然她妈妈可能的确是我们村里唯一见过的人。

杰克·霍兰用手指关节敲了敲窗户，示意我进去，芭芭跟在我后面，一进去就用鼻子嗅了嗅。屋里有一股夹杂着尘土、陈年波特酒和陈腐烟草的混合气味。我们走到柜台后面，杰克摘下无框眼镜，放在一袋打开了的蔗糖上面。他握住了我的双手。

"你妈妈要出门几天。"他说。

"去哪儿了?"我问，声音慌乱起来。

"哎呀，别激动，有杰克照看着，没什么好怕的。"

有杰克照看着！镇上的集会厅在举行音乐会的那晚着了火，当时正是杰克在照看；德·瓦莱拉选举演讲期间差点从卡车上摔了下来，那卡车也正是杰克在照看。我哭了起来。

"哦，哎呀，哎呀。"杰克说着往商店放酒的那头走过去，芭芭用胳膊肘碰了碰我。

"接着哭。"她说。她知道杰克会拿东西给我们。杰克从架子上拿下来一瓶落满灰尘的苹果汁，倒了两杯。我不明白芭芭为什么要利用我的痛苦来获取好处。

"祝你们健康！"杰克说着，把杯子递给我们。我那个杯子很脏，用有股波特酒味的水洗了洗，又用一条脏兮兮的毛巾擦了一下。

"你为什么拉着百叶窗呀？"芭芭冲杰克甜甜一笑，问他。

"这就关系到判断力的问题了。"杰克戴上了眼镜，严肃地说。

"这些，"杰克边说边指着一瓶瓶糖果和几罐两磅重的果酱，"这些都会因阳光而受损。"

原本蓝色的百叶窗褪了色，变成暗淡的灰。拉绳不见了，窗帘下面的板条也折了。杰克和我们说话的时候过去稍稍调整了一下。商店里很冷，一丝阳光都照不进来，柜台上到处都是一圈圈褐色的污渍。

"妈妈会走很久吗？"我一提到妈妈，杰克就不自觉地微笑起来。

"希基会告诉你的。他如果没在干草棚里呼呼大睡，会告知你的。"杰克说。妈妈事事都依赖希基，杰克很是嫉妒。

芭芭喝完将杯子递给了杰克。杰克把杯子在一盆凉水里涮了涮，放到金属托盘上沥干，托盘上印着"健力士啤酒有益于您的健康"几个字。然后他用一条脏兮兮的、磨损了的毛巾仔仔细细地擦着手，朝我挤挤眼。

"现在，我得要求你们的一点恩惠了。"他对着我们说。我知道这是什么意思。

"每人亲一下怎么样？"他问。我低下头，看着一个装满白蜡烛的箱子。

"啦啦啦啦，霍兰先生。"芭芭欢快地说着跑出了商店。我跟着往出跑，不料倒霉极了，踩到了杰克放在门里面的捕鼠夹子。捕鼠夹子夹住了我的鞋，咔嚓一声翻了过来，一片油腻腻的培根粘在我的鞋底。

"这些该死的家伙。"杰克说着，把培根从我鞋底取下来，重新装好捕鼠夹子。希基说这个店里到处都是老鼠。希基还说一到晚上，老鼠就在糖袋子里打滚。我们有一次在他店里买了袋面粉，在里面发现两只死老鼠。从此以后我们就去街那边新教徒开的店里买面粉了。妈妈说新教徒讲卫生，也更讲诚信。

"那个小恩惠呢？"杰克热切地看着我。

"我还很小啊，杰克。"我无助地说，不管怎样，我太难过了。

"感人，太感人了。你真有诗意啊。"杰克说着，用他湿漉漉的手抚摸了一下我的脸颊,然后在我出去的时候为我拉开了门。这时他母亲在厨房里叫他,他就跑过去了。我关好门,出来时发现芭芭在等我。

"笨手笨脚的,什么把你给绊倒了?"芭芭坐在门外一个空酒桶上,双腿荡来荡去。

"你的裙子,会沾上酒桶里的粉红色油漆的。"我说。

"这条裙子本来就是粉色的,你这个笨蛋。我和你一起去你家,没准能搞几枚戒指。"

"不,你不用和我一起走。"我坚定地说,声音却瑟瑟发抖。

"要,我要和你一起,去采一束花。吃午饭时我妈妈捎话问过你妈妈了。我妈妈明天要和大主教一起喝茶,我们要在桌上摆上蓝铃花。"

"谁是大主教?"我问她,因为我们教区只有一个主教。

"谁是大主教!天哪,难道你是什么鬼新教徒或别的什么?"她问。

我走得非常快,心想她说不定会嫌我烦,就去书报亭免费看历险故事了。书报亭的那个女人是半个瞎子,芭芭从那儿偷了不少书。

我急促地呼吸着,鼻翼都张开了。

"我的鼻子变这么宽了,还能缩回去吗?"我问。

"你的鼻子一直都这么宽。"芭芭说,"你的鼻子就像个破油泵。"

我们走过绿地,穿过市场棚,街道两边的两排小商店摇摇欲坠,霉迹斑斑。我们路过银行,银行有两层楼,很好看,门环也擦得锃亮。我们又过了桥,即便在这样一个无风的日子里,桥下仍然传来湍急的轰隆声,就像是涨起了大水。

我们很快就走出了镇子,上了通向铁匠铺的山路。山在路两边的树林之间隆起,两边的树枝在头顶几乎连成一片,把路遮得非常阴暗。四周一片寂静,只能听到铁匠铺里传来的咣咣当当声,那是比利·图伊在打一只马蹄铁。头顶上,小鸟啁啾着,有的是叽叽喳喳,有的是咕咕噜噜,有的是很婉转的鸣唱。

"这些破鸟,烦死了。"芭芭说着,仰头冲着小鸟扮了个鬼脸。

比利·图伊隔着开着的窗户朝我们点头示意。铁匠铺里烟雾缭绕,几乎看不到他。图伊和他母亲住在铁匠铺后面的小房子里。他们还养了蜜蜂,也是这一带唯一一种芽甘蓝的人家。他常常编故事,不过说的事挺好玩的,比如他说自己把照片寄给了好莱坞,人家发回一封电报,说"速来,你有一双自葛丽泰·嘉宝之后再没人拥有过的大眼睛"。他说自己在戈尔韦赛马节[1]和阿迦

---

[1] 戈尔韦市是一个位于爱尔兰西海岸的港口城市,是爱尔兰的"文化之都",每年都会在这里举办赛马节、艺术节等盛会。

汗①亲王一起吃过饭，饭后还一起玩了斯诺克。他还说自己把鞋放在酒店的门外，结果被偷走了。他给我们讲了那么多真真假假的故事，他的故事填满了那些夜晚，那些散发着泥炭火苗般奇异色彩的漆黑夜晚。他会跳吉格舞、里尔舞，还拉得一手好手风琴。

"比利·图伊是什么人？"芭芭突然问，几乎要吓我一跳。

"铁匠啊。"我回答。

"老天，你这个大笨蛋。还有呢？"

"还有什么？"

"比利·图伊是个招蜂引蝶的人。"

"他会欺负女孩子吗？"

"不对，他养蜜蜂啊。"芭芭叹了口气。我真是太无趣了。

我们走到她家大门口，她背着书包跑进去了。我没等她。我不想让她去我家。野蜂从石墙缝中的巢里飞了出来，嗡嗡嗡的，让人昏昏欲睡。理发馆门外的果树上，仅剩的花瓣正在凋落。苹果树下落了一摊粉色的和白色的花瓣。几个小孩光着脚在上面踩来踩去，把花瓣都碾碎了。两个小不点趴在墙头，对每个路过的人都说一声"下——午——好啊"，嘴里吃着涂了果酱的面包片。

---

① 阿迦汗是伊斯兰教伊斯玛仪派尼扎尔支派王朝的世袭称号，1818年，这一封号由伊朗国王赐予。

"理发店的米奇们早饭吃什么?"芭芭赶上来问我。大家把理发师的孩子们都叫作理发店的米奇,因为理发师名叫米奇,而且他家孩子太多,大家很难记住每一个名字。

"我想,是面包和茶吧。"

"头发汤,你这个傻瓜!理发店的米奇们午饭吃什么?"

"头发汤!"这回我变聪明了。

"错!罐焖头发,你这个笨蛋。"芭芭从旁边的水沟边扯下一根硬硬的草,若有所思地在嘴里嚼了一会儿,又吐了出来。她这么无聊,我都不明白她为什么非要跟着我。

快到我家大门口了,我先跑了起来,差点撞到希基身上。他坐在地上,背靠着一棵榆树,树叶的阴影遮住了脸。阴影晃动着。他睡着了。

"我没法照顾你。"他终于说话了,"我还得挤牛奶、喂小牛、喂母鸡。我得把这个地方扛起来。"他显然颇为自己的重要性自得。

"我不需要你照顾。"我说,"我只想让你晚上和我待在一起。"他摇了摇头,我知道不能待在家里了,就决定语气要厉害一点。"我的睡袍呢?"我问。

"上去拿吧。"芭芭平静地说。我的牙齿都在咯咯打战,他们却怎么能这么平静?

"我不能去,我害怕。"

"害怕什么?"希基问,"没事,他现在还在利默里克。"

"你确定?"

"当然!他不是下楼搭邮车走了吗?你有十来天要见不到他了,反正钱花不完他是不会回来的。"

"走吧,傻瓜,我和你一起去。"芭芭说。我想知道妈妈是不是还好,就低声问希基。

"听不见!"

我又低声问了一遍。

"听不见!"

我只好作罢。希基吹着口哨穿过田地,我俩沿着大道往房子那边走。大道上长满了杂草,草上有每天来来去去的大车轧出的两道车辙。

"你身上有虱子吗?"芭芭扮着鬼脸问。

"不知道,怎么了?"

"要是有就不能住我家。可不能有东西在我枕头上爬来爬去的。这种臭虫子能把你送走。"

"送哪儿?"

"送到香农河。"

"别犯傻了。"

"你才傻呢。"芭芭说着,撩起我的一缕头发,仔细检查着头皮。她忽然一把丢下我的头发,像是看到了什么可怕的疾病。"必须给你打药了!你头上到处都是虫子、跳蚤、虱子、苍蝇,各种各样的臭虫!"我起了一身的鸡皮疙瘩。

牛眼正在吃水泥地上一个搪瓷盘子里的面包,是有人给它放在那里的。可怜的牛眼,原来还有人能想起它来。

进了房子,厨房里一片杂乱,炉火也熄灭了。妈妈的长筒雨靴放在地板中间,餐桌上放着两罐牛奶,还有文具盒,妈妈把她的粉盒、口红,还有些小东西放在里面。粉扑不见了,挂在梳妆台的一个钉子上的念珠也被拿走了。妈妈走了。真的走了。

"和我一起上楼吧。"我对芭芭说,我的膝盖不由自主地颤抖起来。

"有人能吃的东西吗?"芭芭问,同时打开了早餐间的门。她知道妈妈在一个窗帘后放了几罐饼干。早餐间昏暗,凄凉,灰扑扑的。摆设架和上面的小玩意儿、巧克力盒盖子、塑像、假花现在看起来都很可笑,因为妈妈不在这里。妈妈当烟灰缸用的螃蟹盖扔得到处都是,芭芭捡起几个,又放下了。

"天哪,这地方简直像个集市。"芭芭说着走到摆设架前,对着塑像一一致敬。

"你好,圣安东尼[①]!你好,圣裘德[②],绝望者的主保圣人。"芭芭拿起一个布拉格圣婴耶稣像,塑像的头从她

[①] 圣安东尼是生活在罗马帝国时期的埃及基督徒。他是基督徒隐修生活的先驱,也是"沙漠教父"的著名领袖。
[②] 圣裘德,或译为圣犹达,又名达太,是耶稣十二门徒之一。

手里掉了下去，她狂笑起来。我从一罐混合口味的饼干里拿了一块给她，她把所有巧克力味的都挑出来装进了口袋里。

这时她看见了放在壁炉瓷砖沿上的黄油。夏天到来时，妈妈会把黄油放在那里，能阴凉一些。芭芭拿了几磅黄油，说："可以用这个抵你的生活费。我们上楼去看看她的珠宝吧。"

妈妈有几枚戒指，芭芭垂涎已久。这些戒指很好看，是妈妈年轻时别人送的礼物。妈妈去过美国，那时候她有一张美丽的面容。她长着圆圆的脸，肤色白皙，一双眼睛无比美丽、清澈、充满信任，是绿松石色的。她的头发有两种颜色，一部分棕色，一部分金红色，这样的颜色是不可能染出来的。我的发色和她的一样，可芭芭在学校说我的头发是染的。

"你的头发就像旧床垫里塞的玩意儿。"我把这想法告诉芭芭时，她说。

我们一走进放戒指的客房，盆里的罐子就发出声响，罐子里的花也动了起来，似乎是被一阵微风拂弄着。其实这些并不是花，是玉米穗，妈妈用金色和银色的纸把它们裹了起来，搭配上染成粉色的蒲苇插在罐子里。这些花色彩过于艳丽，像狂欢节上的颜色，但是妈妈喜欢。她以这幢房子为荣，总要添置点什么。

"把戒指拿出来，别照那个破镜子了。"镜子上有一层绿色的斑点,但我习惯性地照了照。我取出那个金棕色的盒子,珠宝就放在里面,芭芭把每一枚戒指都戴上试了一遍。几枚戒指,两枚珍珠胸针,还有垂到她肚子上的琥珀项链。

"你可以给我一枚戒指吧,如果你不是那么小里小气的。"芭芭说。

"戒指是我妈妈的,我不能给你。"我惊慌地说。"戒指是我妈妈的,我不能给你。"芭芭学着我说话,我的话经她的嘴模仿出来,变得又高又细,还苍白无力。她打开衣柜,拿出那件绿色乔其纱舞裙,站在模糊的镜子前欣赏着自己,还踮起脚尖做了几个舞蹈动作。芭芭跳舞的时候很美,我却很笨拙。

"嘘!我好像听见什么声音。"我说,几乎能确定听到楼下有脚步声。

"哦,是狗。"芭芭说。

"我最好下去看看,它可能会把牛奶罐撞翻。我们刚刚关后门了吗?"我跑下楼,跑到厨房门口时顿时僵住了,他在那里!我父亲,一身酒气,帽檐掀到了后脑勺,白色雨衣敞开着。他的脸通红,凶狠,怒气冲冲。我知道,他必须得抓住谁打一顿了。

"到家了,家里还没人,可真好!你妈妈呢?"

"不知道。"

"快回答我!"我不敢看他的眼睛,硕大、凸出的蓝眼珠子,像玻璃球做的。

"不知道。"

他冲过来一拳打在我下巴上,我上下两排牙齿咔咔地撞在一起。他疯子一样瞪着我,两眼冒火。"再躲我,再躲你爸试试,你个狗——你妈呢?再不说踹死你。"

我大喊着叫芭芭来,芭芭脚步轻快地从楼上下来,手腕上挎着妈妈的一个串珠小包。他马上把手从我身上拿开了,不想让人看到他的野蛮样。大家都以为他是个文明人,一个连苍蝇都不伤的善良的体面人。

"晚上好,布雷迪先生。"芭芭说。

"哎,芭芭,你最近好吧?"我慢慢向洗碗间的门口移动,到那儿就安全了,可以跑掉。我能闻到威士忌的味道。他不停地打嗝,打一个嗝,芭芭就笑一声。他千万别逮住芭芭,不然会把我们两个都杀掉。

"布雷迪太太走了,是因为她父亲的事,她父亲生病了。布雷迪太太接到消息就走了,凯瑟琳要去我家住。"芭芭边说边吃着巧克力饼干,漂亮的唇角上沾着一点饼干屑。

"她不能走,她要照顾我。这才是她应该干的事情。"他大声说,朝我挥了挥拳头。

芭芭微笑着说:"哦,布雷迪先生,会有人来照顾你的——住平房区的伯克太太。实际上呢,我们现在就得过去跟她说一声你回来了。"他不再吭气,又打了个嗝。

牛眼走进来,用毛茸茸的白尾巴蹭着我的腿。

"我们得快点了。"芭芭说着,朝我眨了下眼睛。他从口袋里掏出一沓钱,拿了张折起来的、脏兮兮的一镑纸币给了芭芭。

"拿着,"他说,"这是她的生活费。我不会白占人便宜的。"芭芭道了谢,说他太客气了,然后我们就离开了。

"天哪,他醉得太厉害了,我们跑吧。"芭芭说。但我跑不动了,一点力气都没有了。

"讨厌,忘拿黄油了。"芭芭说。我一回头,看见他就在我们后面,正走出大门,迈着大步朝我们走过来。

"芭芭!"他喊。芭芭问我要不要跑。他又喊了一声。我说最好别跑,因为我跑不动。

我们站在那里等他赶上来。

"把那点小钱还给我,我自己跟你父亲算。下星期这里还有些事情要他处理,他要过来。"

他接过钱,快步离开了。他是急着去酒吧,或者是要赶去波塔姆纳的晚班车,他有个朋友在那里养赛马。

"吝啬鬼,他还欠我爸爸二十镑钱呢。"芭芭说。我看见希基从地里过来,便朝他招招手。希基赶着奶牛走在地里,奶牛稀稀拉拉地走一走停一停,像往常一样,无所事事地东瞅瞅,西看看,也不知道在看什么。希基吹着口哨,夜晚宁静而温柔,口哨声在田野上空飘荡。

如果这时有陌生人从这里经过，一定会认为这是一个祥和的农场。从外面看起来，在这个温暖的傍晚，农场沐浴在古铜色的夕阳下，祥和，肥沃，安宁。我家红棕色的石头房子矗立在树木之间，到了傍晚，太阳快要落下的时候，石砌的墙面会发出一种独特的光泽。从房子这里，田野向外连续铺开，延伸成一片平坦的绿色。

"希基，你骗我。他回来了，差点杀了我！"希基离我们就几米远了，站在两头奶牛中间，一手搭着一只。

"你怎么不躲起来？"

"我直接就撞上他了。"

"他要干吗？"

"打人啊，一直都是这样。"

"吝啬鬼，给了我一镑当她的生活费，又要回去了。"芭芭说。

"他欠我的每一镑，我要是能拿回来一便士都行。"希基笑着摇摇头。我们欠了希基很多钱，我一直担心他会离开我们去林场工作，那里是按小时付工资的。

"希基，你不会走的，对吧？"我恳求他。

"夏天过完我就要去伯明翰了。"希基说。我人生中有两件最恐惧的事，一件是妈妈患癌症而死，另一件就是希基会离开。村里有四个女人得癌症死了。芭芭说这是因为生的孩子太少了。芭芭说修女都会得癌症。这时，我想起奖学金的事，就告诉了希基，他很高兴。

"哈,你今后就成上等社会的人了。"希基说。那头棕色奶牛扬起尾巴,往草地上撒起了尿。

"有没有人想喝柠檬汽水呀?"希基问,我俩赶紧跑开了。希基在奶牛背上拍了一把,奶牛懒洋洋地迈开了腿。前面的牛也动了起来,希基跟在后面又吹起了口哨。这是一个宁静的傍晚。

4

我们一走进外厅,芭芭就喊她妈妈:"玛莎,玛莎!"地上铺着瓷砖,可以闻到打过蜡的味道。

我们从铺着地毯的楼梯走上去,一扇门慢慢打开,玛莎探出了头。

"嘘,嘘!"玛莎示意我们悄悄进去。我们进了卧室,她轻轻关上门。

"嘿,讨厌鬼。"德克兰和芭芭打招呼,他是芭芭的弟弟,正啃着鸡腿。

大床中间放着一个盘子,里面有只熟鸡。鸡炖过头了,肉都散开了。

"外套脱了吧。"玛莎对我说,看样子她像是在等着我来,一定是妈妈打电话说过了。玛莎脸色苍白,但她的脸色一向都是苍白的。她有着圣母般的面容,眼睑总是低垂着,藏在睫毛后的一双眼睛大而幽深,看不到颜色,但会让人联想到紫色的三色堇,天鹅绒般的柔软。她脚穿一双红色天鹅绒鞋,上面镶着银色的亮片。她的卧室里飘着香水的味道、红葡萄酒的味道,还有一种成年人的味道。她正喝着红葡萄酒。

"老头呢?"芭芭问。

"不知道。"玛莎摇摇头。她平日里高高盘在脑后的黑发现在散下来搭在肩上,发梢略微上卷。

"为啥把鸡拿到这里啊?"芭芭问。

"你说呢?"德克兰说着,扔给她一截叉骨。

"这下老头吃不着了。"芭芭对着壁炉上方她父亲的照片说。她用右手瞄准她父亲,嘴里说着:"砰,砰!"

玛莎给了我一个鸡翅,我在盐罐里蘸了一下,然后吃了起来。很好吃。

"你妈妈要离开几天。"玛莎对我说。我再一次感觉到嗓子眼里堵了什么东西。我受不了别人同情我。倒不是因为玛莎很温柔可亲。她太美了,美到对一切都冷冰冰的。

玛莎就是村里人口中的放荡女人。大多数夜晚,她都会去灰狗旅店,穿一身服帖的黑色套装,上衣里面什么都不穿,只有胸罩。脖子上围着丝巾,在喉咙前面打成蝴蝶结。陌生人和旅行商贩都仰慕她。白皙的脸,涂着指甲油的手,蓝黑色的头发堆在头顶,圣母般的面容。在灰狗旅店的酒吧里,她高高地坐在吧台凳上;他们认为她是个忧伤的女人。然而玛莎从来都不会忧伤,除非百无聊赖也是一种忧伤。她的生活中只需要两样事物,她都得到了——酒和赞美。

"食品柜里有果酱松糕，莫莉放那儿的。"玛莎对芭芭说。十六岁的莫莉是她家的用人，来自乡下的一个小农场。她到布伦南家的第一个星期一直穿着雨靴，玛莎不高兴地责备了她，她说自己只有这一双鞋。玛莎经常打莫莉，莫莉一说要去镇集会厅跳舞，玛莎就把她锁在卧室里。莫莉告诉裁缝，"他们"，指布伦南一家人，每天吃着烤肉，却只给她吃香肠和剩下的土豆泥。这可能是编出来的，玛莎不是个吝啬的人，她把花丈夫的钱看作一种骄傲，也是一种报复。但和所有嗜酒的人一样，除了酒，她不愿意把钱花在任何别的地方。

芭芭端着一个玻璃盘子进来了，里面装了半盘松糕。她在床上摆好盘子，还有小碟子和甜点小勺。她妈妈把松糕往小碟子里分。松糕是粉色的，上面有一片蜜桃、一颗糖渍樱桃，还有切成片的香蕉，下面有一层松软不平的海绵蛋糕。我想起了我们自己家吃松糕的那些日子。我在脑海中能看见妈妈把松糕给我们分到盘子里，父亲的，我的，希基的，最后只给自己在碗底留了一小勺。我看见她生气了，皱起了鼻子，因为我说这样不好。我看见父亲暴躁地让我住嘴，希基嘻嘻笑着说："给我们再多来点。"我正回忆着这些情景，听见芭芭说"她不吃松糕"，"她"指的是我。她妈妈就把本来给我的那份分给了他们三个人。他们吃着松糕，我咽着口水看着。

"玛莎，哎，老玛莎，你说我长大后会干什么？"德克兰问他妈妈。他抽着一支烟，学着把烟吸进去。

"离开这破地方，干点事出来，有点出息。当个演员什么的，那种刺激的工作。"玛莎照着镜子，从下巴上挤出一个黑头。

"妈咪，你以前出名吗？"芭芭对着镜子里的脸问。那张脸抬起眼睛，叹了口气，若有所思。玛莎以前是个芭蕾舞演员，后来为了婚姻放弃了事业，至少她是这么说的。

"你为什么不跳了呢？"芭芭问，虽然答案她已经很熟悉了。

"因为我个子太高了。"玛莎说着，起身离开镜子，在屋子里滑动着舞步，手里挥着一条红色乔其纱丝巾。

"太高了？老天，回答要一致的。"芭芭提醒她妈妈，她妈妈继续踮起脚尖滑着舞步。

"我本来可以从一百个男人里面选。在我的婚礼上有一百个男人为我哭泣。"玛莎说，她的孩子们鼓起了掌。

"有一个是演员，有一个是诗人，还有十几个在外交部门工作。"她一边说一边往梳妆台那边走，和她养的两条金鱼说着话，声音越来越小了。

"外交部门——比这个破地方强多了。"芭芭痛心地说。

"天哪。"玛莎说，因为这时传来了汽车喇叭声，他们都跳了起来。

"鸡，鸡！"玛莎说着把鸡塞进衣柜里，扯了一件旧睡衣盖在上面。衣柜里挂着几条夏天的裙子，还有一件白色皮草斗篷。

"快出去，去厨房做点什么——做作业去。"玛莎说着急忙取下牙刷，俯身在洗手池边刷起了牙。她家非常时尚，前面两个卧室里都有洗手池。她刷完牙也下楼进了厨房。

"可以了吧？"她凑近芭芭哈了口气。

"他会说你真是太爱护自己那口牙了。"芭芭大笑，然后听到她父亲从后门进来了，就板起了脸。他抱着一个大大的空细口玻璃瓶、一包打开的棉球，还有满满一鞋盒豌豆。

"妈咪，德克兰，芭芭。"他跟每个人打招呼。我在门后面，他看不到我。他的声音低沉、沙哑，还有一点讥讽的意味。玛莎跪着从雅家炉下层的烤箱里取出他的饭。这是一份煎猪排，已经放干了，还有煎洋葱，看着软塌塌的。玛莎把盘子放在精心摆好的银托盘上。妈妈常说，布伦南一家用刀叉和餐垫就能摆一饭桌。

"我以为今天要吃鸡肉，妈咪。"他取下眼镜，用一块白色大手帕擦拭起镜片。

"没脑子的莫莉没关菜橱的门，罗弗把鸡肉叼走了。"玛莎淡定地回答。

"蠢货！她在哪儿？"

"去逛了。"芭芭说。

"莫莉要好好教训，要罚，妈咪，听见我说什么了吗？"玛莎说听见了，她又不聋。这时我咳嗽了一声，好让他看到我，知道我也在。他背对着我，听到后赶快转过身来。

"哦，是凯瑟琳啊，凯瑟琳，亲爱的孩子。"他走过来搂着我的肩膀，分别在我每边脸颊上轻轻地吻了一下。他喝酒了。

"我倒希望啊，凯瑟琳，其他人，其他人，"他挥着手，"其他人和你一样又乖又聪明。"芭芭吐了下舌头，但他后脑勺上好像也长了眼睛，转身对芭芭说："芭芭。"

"怎么了，爸爸。"芭芭甜甜地一笑，罗甘莓一样甜美的微笑，脸上显出两个凹得恰到好处的酒窝。

"你会煮豌豆吗？"

"不会。"

"你妈妈会吗？"

"不知道。"玛莎刚去客厅接电话，这会儿回来了，手里拿着地址簿，在上面写了一个名字。

"有人想让你去趟库里加诺瓦，一家姓奥布莱恩的人。他家有头小母牛快死了，很急。"说着她在笔记本上写下了去那个地方的路线。

"妈咪，你会煮豌豆吗？"

"他们让你赶紧去,说上次去晚了马就死了,马驹也是生下来就瘸了腿。"

"蠢货,蠢货,蠢货!"他说。我不知道他说的是他妻子,还是库里加诺瓦的那家人。他端起餐柜上的杯子喝起了牛奶,很大声,可以听见牛奶正沿着他的喉咙往下流的声音。

玛莎叹了口气,点了一支香烟。他盘子里的饭已经凉了,动都没动。

"最好查查怎么煮豌豆吧,孩子妈。"他说。玛莎轻轻地吹起了口哨,不理他。那样子就像她正走在一条满是尘土的山路上,吹起口哨是在给自己做伴,或者是用口哨声召唤一条撵着兔子穿过树篱又跑过田野的狗回到自己身边。他出去了,重重地关上了门。

"他走了吗?"德克兰在食品柜里问,他把自己锁在里面了。他父亲经常叫德克兰一起去,但德克兰更愿意坐在家里,抽着烟,和玛莎讨论自己的事业。他想当电影演员。

"我们今晚去看戏吗,玛莎?"芭芭问。

"越来越过分了!他干吗不自己煮那破豌豆。傲慢得不得了。我吃豌豆的时候,他那傻帽老妈还在给他们喂荨麻叶子呢!真是的!"我第一次看见玛莎气红了脸。

"你最好不要去看戏,你家老头说不定会很难受,然后吐得满地都是。"芭芭对我说。

"她要去的,"德克兰说,"对吧,玛莎?"

玛莎对我笑一笑,说我当然也去。

"好吧,如果绅士先生也去了,我要挨着他坐。"芭芭晃了晃脑袋,甩动着她的两条黑辫子。

"不行,你不能坐那儿,我挨着他坐。"玛莎笑着说。玛莎也有酒窝,但没有芭芭的深,也没芭芭的好看,玛莎的皮肤太白了。

"随便吧,他在都柏林有女人,是个合唱团的女孩。"芭芭说。她撩起裙子,露出膝盖,因为合唱团的女孩经常做这个动作。

"骗人精!骗人精!"德克兰喊着把装满豌豆的鞋盒朝她扔了过去。豌豆撒了一地,我只好跪下来捡豆子。芭芭剥开几个豆荚,吃着甜甜的嫩豆子。我把豆荚皮扔进了火炉里。玛莎上楼去收拾,德克兰则跑到会客室打开了留声机。

"谁跟你说的绅士先生的事?"我怯怯地问。

"你啊。"芭芭说,蓝色的眼睛肆无忌惮地瞪了我一眼。

"我没有!你怎么敢这么说?"我气得直发抖。

"你怎么敢对我说'你怎么敢'——你可是在我家里!"芭芭说,然后就去洗脚了,为出门做准备。她在走廊里喊,问我妈妈是不是还在餐桌边的那个牛奶桶里洗脚。有那么一刹那,我好像看见了妈妈,她在灯光下清洗她可怜的鸡眼，泡软了好用刀片削掉。

外厅的落地钟敲了五下，天已经很黑了。外面刮起了风，一只桶在石子路上哐哐当当地被风吹着跑。突然下起了雨，芭芭在楼上对我喊，叫我赶紧去把绳子上的衣服收回来。冰雹噼里啪啦地砸下来，像子弹一样打在窗户上，感觉玻璃就要被砸碎了。我跑出去收衣服，浑身湿透了。我想到了妈妈，但愿她没有淋到雨。从我们村到廷特里姆村的路上几乎没有什么地方可以避雨，妈妈那么害羞，都不敢向路过的人家寻求一个避雨的地方。雨下了十分钟就停了，太阳从云层的裂缝里露了出来。草地上落满了苹果花，一根苹果树枝伸到厨房窗前，上面的雨滴连成了一道水线。我把床单叠好，凑近去闻着它们的味道，再没有什么比刚洗过的亚麻的味道更好闻了。床单还有点潮湿，我把它们晾在雅家炉旁边的架子上，然后上楼去了芭芭的房间。

5

快七点时,我们出发去镇集会厅。布伦南先生还没回来,我便没有收拾餐桌。玛莎上楼去做准备时,我把一块潮湿的餐巾盖在布伦南先生的三明治上面。我为他感到难过,他工作那么辛苦,还得了胃溃疡。

德克兰走在前面,他觉得和女孩们走在一起有损自己的男子气概。

太阳正在落下,在西边的天空燃起一片火红。从这片火红中,伸出几条染上了颜色的路。路的颜色不是太阳的火红,而是一种温暖的浅赭色。往高一些,天空是一片湛蓝,再往高,在我们的头顶上面,大片大片羽绒般的云朵在天空中宁静地飘浮而过。天堂就在那里。那里没有我认识的人,除了村里那些已经离世的老妇人,但她们都不属于我。

"我妈咪是这里最漂亮的女人。"芭芭说。事实上,我认为我妈妈才是最漂亮的,她有一张圆圆的、苍白的、让人心碎的脸,一双灰色的、充满信任的眼睛。但我没说话,因为我现在住在芭芭家里。玛莎是很好看,夕阳,也可能是她的珊瑚项链,让她的眼睛蒙上一种神秘的橙色光泽。

"叮叮叮,叮叮叮——"希基骑着自行车从我们身边经过。希基的自行车真让我觉得可怜,总感觉它会被他的大块头给压塌了,车胎都是瘪的。车把上挂着一罐牛奶和一个草编筐,筐里有只母鸡在咯咯地叫着。这可能是要拿给灰狗旅店的奥谢太太。妈妈不在家时,希基常在那里招待朋友。我想妈妈清点过鸡的数量,不过希基可以说狐狸来过。狐狸经常在大白天蹿进院子里,叼走一只母鸡或一只火鸡。

前面,蠓虫成群,像一团团深色灰尘,在树下嗡嗡地飞着。从我们路过铁匠铺那段路起,我的耳朵就开始痒了,那里有一片山毛榉树丛。

"快一点。"玛莎催我们。我加快了脚步。玛莎想坐在前排,那是重要人物坐的地方。医生的太太、绅士先生,还有康纳家的女儿们。康纳家的女儿们是新教徒,不过很受人尊敬。她们坐在自家的旅行轿车里,经过我们时鸣了声汽笛,那是她们问好的方式。我们点头作为回应。轿车后座上有两只德国牧羊犬,我很高兴她们没邀请我们搭车,我很害怕德国牧羊犬。康纳家的女儿们在她们家大门上挂了块牌子,上面写着"小心有狗"。她们口音高傲,骑马,冬天还去猎狐。她们去赛马大会时,会带着可以坐在上面的手杖。她们从来没和我说过话，但每年都会邀请玛莎去她家喝一次下午茶，那是在夏天的时候。

我们爬上高高的水泥台阶，走进通往集会厅的长廊。售票室坐着一个肥胖的女人，我们只能看到她的上半身。她穿着一件深紫色的连衣裙，上面缀满成千上万个小亮片。她的眼睫毛上挂着睫毛膏碎屑，头发也染成了深紫色，好和裙子搭配。那些亮片闪烁着，好像在她的裙子上不停地晃动，看得人眼花缭乱。

"她奶奶在跳舞。"芭芭说，我俩偷偷地笑了。我们一边窃笑，一边为玛莎拉开左右两扇门让她走进集会厅。玛莎喜欢闪亮登场。

"孩子们，别笑了。"她说，好像我们不是她带来的。

一个搽着粉的演员看见我们，笑容满面，走到前面帮我们找座位。玛莎刚给了他三张蓝色的票。

我们进来时，后面几个乡下男孩吹起了口哨。他们惯于在女孩进来时站在后面对她们评头论足，如果是个漂亮女孩，就吹几声口哨，或者哈哈大笑。这些男孩都穿着旧衣服，不过估计大多数都穿上了星期天才穿的好鞋子，而且能够闻到他们身上浓重的发油味道。

"没教养。"玛莎低声说，这是她评价她丈夫的大多数客户时最喜欢用的一个词。有个男孩向我微笑，他头发乌黑鬈曲，面色红润，一脸快乐，我知道他是曲棍球队的。

我们坐在第一排。玛莎挨着康纳家的大女儿坐,芭芭挨着玛莎坐,我的座位挨着芭芭再往外。绅士先生坐在靠里面的位子上,旁边是康纳家年龄小一点的那个女孩。我坐下时看到了他的后颈和领子上沿。知道他就坐在那里,我很高兴。

集会厅里几乎是漆黑一片。黑布窗帘拉开,遮住了窗户,窗帘四角固定在窗框上。舞台前的六盏油灯发出微弱的光,借着这光,人们连座位都看不见。两盏灯还冒着烟,把灯罩熏得乌黑。

我回头看能不能找到希基。我的视线扫过一排排椅子,又扫过椅子后面的一排排凳子,接着再往后,在啤酒桶上搭着木板的那几排里搜寻。希基就在最后一排木板座位的边上,他旁边坐着梅茜。那是最便宜的座位。他们正在笑着什么。后排坐满了咯咯笑的女孩们。有鬈发的,有满头黑色小亮卷的,小亮卷垂到肩膀上,像是挂着黑嘟嘟的接骨木莓;女孩们湿润的眼睛像黑莓一般,她们咯咯地笑着,聊着天等着。莫里亚蒂老师和我们隔了两排,她微微欠了一下身,表示看见我了。杰克·霍兰正在笔记本上记着什么。

铃声响了,灰扑扑的幕布慢慢拉开,到一半时卡住了。后面的男孩们发出一阵嘘声。我能看见脸上搽粉的那个演员正在舞台侧面拉一根绳子,最后他干脆走了出来，用手把幕布拉到了一边。人群中一阵欢呼。

舞台上出来了四个女孩，都穿着樱桃红上衣和黑色褶皱边裤子，头戴黑色礼帽。她们胳膊下夹着手杖，跳起了踢踏舞。要是妈妈也在这里该有多好。在刚才的激动忙乱中，我有一个多小时都没有想起来她。她看到表演一定会很高兴，尤其是听到我拿了奖学金，一定会更高兴。

女孩们跳着退了场，两个从左边走，两个从右边走。接着一个男人抱着一把班卓琴上了场，唱起了悲伤的歌。他可以把两个眼球对在一起，他一对眼，观众就哄堂大笑。

之后是一个搞笑短剧，两个小丑从箱子里爬出来又钻进去。然后，那个穿深紫色裙子的女人出来了，唱着《厨房求偶》[①]。她向观众招着手，示意跟她一起唱，快结束的时候，观众终于跟着唱了。这真是个糟糕的表演。

"女士们，先生们！短暂的中场休息时间到了，大家现在可以购买彩票了，开演之前，马上抽奖！接下来要上演的，大家也许都知道，是独一无二、温暖人心、感人至深的《东林怨》[②]！"脸上搽粉的演员卖力地说。

我没有钱，但是玛莎给我买了四张彩票。

---

① 爱尔兰民歌。
② 《东林怨》是19世纪英国女作家亨利·伍德夫人的成名作，后被改编成电影、戏剧等表演形式。

"你要是中奖了,那就是我的。"芭芭说。绅士先生拿出一包香烟,让第一排的人传了过来。玛莎拿了一支,向前欠了一下身对他表示感谢。我和芭芭吃着土耳其软糖。

彩票售完后,那个演员下来站在油灯下面。他把副券放在一顶大帽子里,四下张望,寻找合适的人来抽出中奖号码。一般情况下,会让孩子们抽奖,大家认为孩子们应该是诚实的。他的目光扫过观众,最终看向我和芭芭,于是选中了我俩。我们站了起来,面向观众,芭芭选了第一个号码,我选了第二个。那个演员喊出了中奖号码。他喊了三次都没有任何回应,集会厅静得连一根针掉落都能听到。他又喊了一遍,正要让我们重新抽取两个号码时,剧场后排有人喊了一声。

"这里!在这里!"人们喊着。

"好,谁中奖了,请到前面来出示您的彩票。"大家都想中奖,却不好意思上台领奖。终于两个人从后面站着的人群里挤了出来,扭扭捏捏地沿着过道走上前去。一个有白化病,另一个是个小男孩。他们出示了彩票,各自领了十先令,一路小跑着回到了剧场后面的黑暗中。

"现在,我们欢迎两位美丽的朋友唱首歌好不好?"那个演员双手搭在我俩的肩膀上提议。

"好啊。"芭芭说。她总是会找一切借口展示她清澈、轻盈如清晨的声音。她开始唱:"早晨我走在小路上,这是5月的一个早上,我看见了妈妈和女儿,一起走在小路上。"我的嘴巴一张一合,假装也在一起唱。芭芭突然停下,胳膊肘戳了戳我,让我继续唱下去。于是,众目睽睽之下,我站在那里,嘴巴大张,似乎下巴脱了臼。我涨红了脸,溜回到座位上,芭芭站在那里继续唱。"真恶毒!"我小声说。

《东林怨》开始了,除了舞台上的声音,整个集会厅一片寂静。

这时我听到后排发出一阵骚动,还有脚步拖曳的声音,好像有人晕过去了。有人打着手电筒顺着过道走到前面来,到我们这排时,只见来的人是布伦南先生。

"天哪,他发现鸡肉了。"听到布伦南先生叫玛莎出去,芭芭对她妈妈说。布伦南先生猫着腰穿过座位,以免挡住舞台,他走到绅士先生跟前小声说了什么,然后两人一起出去了。听到门重重地关上,我舒了口气,总算走了。戏特别精彩,我一句台词都不愿错过。

但是门又开了,手电筒的光又向前移过来。我突然想到他们不会是来找我的吧,但马上就打消了这个念头。然而,真是来找我的。布伦南先生拍拍我的肩膀,小声说:"凯瑟琳,孩子,出来一下。"我踮起脚尖往外走,鞋子发出嘎吱的响声。我想是不是和我父亲有关。

外面的门厅里,很多人围在一起说着什么——玛莎、教区神父、绅士先生、法务官,还有希基。希基背对着我，玛莎在哭泣。告诉我消息的是绅士先生。

"凯瑟琳，你妈妈，出了一点意外。"他的话缓慢而沉重，他的声音在颤抖。

"什么意外？"我瞪大眼睛，疯狂地盯着每一张脸。玛莎用手帕捂着嘴，几乎哭得喘不过气来。

"一点小意外。"绅士先生又说了一遍，教区神父也把他的话重复了一遍。

"她在哪儿？"我快要疯了，急切地问。我要立刻见到她，立刻！但是没人回答我。

"告诉我！"我变得歇斯底里，马上又意识到这样对待教区神父太失礼了，就稍微缓和了一下语气，又问了一遍。

"告诉她吧，最好告诉她。"我听到希基的声音从我背后传来，就转身去问他，但是布伦南先生摇摇头，希基两天没刮胡子的脸涨得通红。

"带我去找妈妈！"我一边哀求，一边冲出门廊，沿着水泥台阶往下跑。跑到最后一级时，有人一把抓住我的外套腰带。

"现在不能带你去，现在还不行，凯瑟琳。"绅士先生说。我觉得他们所有人都太残忍了，但不理解是为什么。

"为什么？为什么？我要去找她！"我哭喊着，想挣脱他。我这时有无穷的力量,能一口气跑到五英里[①]之外的廷特里姆去。

"看在主的分上,告诉她吧!"希基说。

"闭嘴,希基!"布伦南先生喝止住他,把我带到了路边。路边停着几辆车,围了一群人,黑暗中每个人都在说着什么,吵吵嚷嚷,听不清楚。玛莎扶着我上了她家车的后座,正要关门时,我听到街上有两个人在说话,其中一个说:"他留下五个孩子。"

"谁留下五个孩子?"我攥住玛莎的手腕,哭着,念着她的名字,求她告诉我。

"汤姆·奥布莱恩,凯瑟琳。他溺水了,开船的时候,而且,而且……"这时她宁愿变成哑巴也不愿意说出口,但从她脸上,我已经知道了。

"妈妈也在船上?"我问。玛莎点了点头,抱住了我。这时布伦南先生上来了,发动了车。

"她知道了。"玛莎哽咽着对他说。之后我一丁点声音都没有听到。你什么都不会听到,谁的话都不会听到,因为这时候你的整个身体都在哭泣,为它失去的东西而哭泣。失去了!失去了!我不能相信妈妈就这样走了,然而我又知道这是真的,因为我已经感觉到了厄运的降临,我身体的每一寸都变得无比僵硬。

---

① 1英里约合1.6公里。

"我们要去看妈妈吗?"我问。

"再过一会儿,凯瑟琳,我们得先办点事。"他们把我扶下车,带我进了灰狗旅店。奥谢太太亲了亲我,让我坐在一个靠背后倾的大真皮扶手椅上。屋子里挤满了人。希基走到我跟前,坐在扶手上。他坐在了白色的亚麻沙发罩上,但没人在意。

"她没有死!"我对希基说,央求他,乞求他。

"从五点开始,他们就不见了。他们离开图伊的商店时是四点四十五。可怜的汤姆·奥布莱恩,带了两袋子的杂货。"希基说。事情一旦是从希基嘴里说出来的,那就是真的了。我双腿沉了下去,身体里一切都消失了。布伦南先生给我喂了一勺白兰地,又让我就着茶吞下两个白色药片。

"她不相信这是真的。"我听到康纳家的一个女儿说。这时芭芭进来了,她冲过来吻着我。

"我要为那首破歌跟你说对不起。"她说。

"把这孩子送回家吧。"杰克·霍兰说。听到他的声音,我从沙发上跳起来,大喊着要去找妈妈。奥谢太太在胸口画着十字,有人把我放回椅子坐下。

"凯瑟琳,我们还在等兵营那边的消息。"绅士先生说。他是唯一能让我平静下来的人。

"我永远都不想回家!永远!"我对绅士先生说。

"不回家,凯瑟琳。"他回答。有那么一秒钟,他似乎想说"到我们家来吧",但并没有说出口。他走到站在餐具柜旁的玛莎身边,对她说了什么,然后他们朝站在屋子另一头的布伦南先生招了招手,布伦南先生向他们走了过去。

"他在哪儿,希基?我不想看到他。"我指的是父亲。

"你见不到他,他在戈尔韦的医院里。知道这消息后他就昏过去了,他那会儿正在波塔姆纳的一个酒吧唱歌,有个列车长把这事告诉了他。"

"我永远都不要回家。"我对希基说。希基的眼睛从脸上突了出来,他不习惯喝威士忌,有人往他手里塞了一杯。每个人都在喝着酒,努力使自己从这场惊愕中缓过来。连杰克·霍兰都在喝着一杯波特酒。屋子里弥漫着浓重的烟味,我想出去,想出去找妈妈,哪怕是出去找她的尸体。这里的一切都极不真实,我的脑袋一片眩晕。烟灰缸里堆得溢了出来,整个屋子非常闷热,烟雾缭绕。布伦南先生走过来跟我说话,他厚厚的镜片后面的眼睛流着眼泪。他对我说,我妈妈是一位贤淑的女士,一位真正贤淑的女士,所有人都爱她。

"带我去看她吧。"我央求着。我不再激动了,我的力气已经耗尽了。

"我们再等等,凯瑟琳,我们还在等兵营那边的消息。我现在就过去看看有什么进展。他们正沿着河找。"他无力地伸出双手,做了一个手势,似乎是说:"现在我们所有人都无能为力。"

"你就住我们家吧。"他说着,拨开遮住我眼睛的几根乱发,轻轻地把它们捋到后面。

"谢谢您。"我说。布伦南先生于是动身去兵营,就在一百米外的地方。绅士先生和他一起去。

"那艘破船早就烂了,我说过多少次了。"希基说,他对整个世界都非常愤怒,因为没人听他的话。

"凯瑟琳,能不能出来一下,有件私密的事。"杰克·霍兰从我的椅子背后探身过来说。

我慢慢站起来,尽管现在想不起来了,但当时一定是穿过屋子,走到了那扇白色的门前,门上的油漆基本上快掉完了。杰克扶住门,我走到门厅。杰克把我带到门厅后部,那儿有根蜡烛点在一个碟子里,火苗忽闪不定。杰克的脸上只是一片阴影。

他低声说:"上帝做证,我实在是不能那么做啊。"

"做什么,杰克?"我问。我并不在意,我感觉我可能会吐,或窒息过去。之前吃的药片和白兰地让我头昏脑涨。

"给她钱。上帝啊,我实在没办法,所有的东西都是老太婆管着。"老太婆是他的母亲,她整天坐在火炉旁的摇椅上,双手得了风湿残废了,杰克不得不给她喂面包,喂牛奶。

"上帝啊,我能为你妈妈做的都做了,你知道的。"

我说我知道。

楼上的卧室里传出两只灰狗的呜咽声,那是死亡的呜咽。突然间,我明白了,我必须接受妈妈死了的事实。我号啕大哭起来,一生中从来没有那样哭过。杰克和我一起哭起来,一边哭一边用外套袖子擦着鼻子。

门厅的门这时被推开了,布伦南先生走了进来。

"没有消息,凯瑟琳,没有消息,孩子。回家吧,睡上一觉。"他说完去叫玛莎和芭芭出来。

"我们回头再试试。"他对绅士先生说。我们过了马路,走向车子。这是个清澈的夜晚,满天都是星星。没过多久我们就到家了,布伦南先生让我喝了一点热威士忌,又给了我一颗黄色药片。玛莎帮我脱掉了衣服。我跪着祷告:"上帝啊,请让妈妈活过来吧。"我祷告了一遍又一遍,但心里知道没有希望了。

我换上芭芭的睡袍,和她睡在一起。她的床比我家的要软一些。我向左侧翻身时,她也往左翻身侧躺着。她的胳膊从我腰上环过来,握住了我的手。

"你是我最好的朋友。"她在黑暗中说。过了一会儿,她小声问:"你睡着了吗?"

"没有。"

"你害怕吗?"

"害怕什么?"

"她会出来。"她这么说的时候,我开始发抖。死亡到底有什么可怕的,让我们那么害怕死去的人会再回到我们身边?在这个世界上,对我来说,妈妈比一切都重要,但如果这时门开了,她进来了,我会尖叫着喊玛莎和布伦南先生过来。这时我们听到楼下有什么动静,是砰的一声,我们钻进毯子里将头蒙住。芭芭说,那是死神敲门的声音。"去叫德克兰吧。"我在被子里说。

"不,你去叫他。"但我们谁也不敢开门走到楼梯那儿去。我母亲的魂灵穿着白色的袍子,就在楼梯口等着我们。

等我醒来时,枕头歪在一边,白床罩湿了一片。莫莉端着烤面包和茶过来,叫醒了我。她扶我在床上坐起来,从椅子背上拿来了我的毛衫。莫莉只比我大两岁,却像母亲一样体贴入微地照顾我。

"你难受吗,亲爱的?"她问。我说感觉有些发热,她便去叫布伦南先生。

"先生,来一下,这里需要您看看。我觉得她发烧了。"布伦南先生上前来把手放在我额头上,然后让莫莉去给医生打电话。

这一整天我都在吃药片,玛莎坐在我的房间里涂着指甲油,然后用指甲锉仔细地打磨。外面下着雨,窗户上蒙了一层雾气,什么都看不到,但玛莎说天气很糟糕。午饭后,电话铃响了,玛莎接电话时说"好,我会告诉她的""太糟糕了""好，我估计就是那样"。然后她上来告诉我，香农河搜遍了都没有找到他们；她没有说他们已经放弃搜寻，但我知道事实如此，我知道永远都不会有一座妈妈的坟墓，让我能把鲜花摆在上面。不知为什么，妈妈的死亡比我听过的任何人的死亡都更像是死亡。我又哭了起来。玛莎让我从她杯子里抿了一口红酒，叫我躺下，然后拿起一本杂志读故事给我听。那是个悲伤的故事，我哭得更厉害了。那是我童年的最后一天。

6

那个夏天过得很快。我一直住在芭芭家,白天会回到自己家吃饭、洗漱,有时收拾一下床铺。自从妈妈去世后(我们一直用"去世"这个词,而不是"淹死"),希基就搬到楼上住了。几个房间都是一片狼藉,也一片凄凉。他们从不开窗户,房间里弥漫着灰尘、臭袜子,还有发霉的气味。

大多数日子里,他们都在地里砍玉米秆,然后扎成一捆一捆的。我一般会在四点带着几瓶茶水去地里。那个夏天,父亲吃得很少,每次喝茶时都会吞下两片阿司匹林。他不怎么说话,眼皮经常又红又肿。回到家后,希基去喂奶牛,父亲再喝一会儿茶,然后在厨房里脱掉鞋,便上楼去睡觉了。我想他上了床也一定是去哭了,不然天还那么亮,怎么睡得着。再说,希基在楼下把牛奶罐子弄得哐当哐当乱响,这么吵,谁睡得着。

一天,我正整理妈妈的抽屉,把她好一点的衣服收拾到一个箱子里,准备送给她妹妹,这时他上楼来了。

他从医院回来后我俩就没怎么说过话。这正如我所愿。

"有件小事要告诉你。"他说。他刚从村里回来,边说边解开领带。一瞬间我非常惊恐,以为他又喝醉了,因为他一副衣衫不整的样子。

"这个地方留不住了。"他平淡地说。

"怎么回事?"我问。

他把帽子往头上一扣,挠着额头,犹豫片刻后说:"早先欠了点债,后来这一件事那一件事的,债务越来越多了。赛马那边也没什么好手气。呃,所以,后来就入不敷出了。"

"谁买走了?"我想起杰克·霍兰曾警告过我,说我家的房子有危险了。

"什么?"父亲问。他听得很清楚,但他不想回答问题的时候,就会耍这个花招。他眯起眼睛,做出一副精明样,让人以为他是个聪明人。我又问了一遍。他没喝醉的时候,我不怕他。

"从事实上讲,是归银行了。"他终于回答了。

"那这里谁看管呢?"我不能相信,除了希基,还有谁会在夏天的傍晚,在这里耕地、挤奶、修剪树篱。

"杰克·霍兰可能会买。"

"杰克·霍兰!"我大为震惊。这个恶棍!他可占了个大便宜。想想,他满嘴胡说什么国王、王后,还说要在我去修道院之前送我一支新钢笔。想想,他为妈妈望了七次弥撒,还给都柏林一个特别修道会的神父寄钱买望弥撒用的花束。

"那你去哪儿?"我问。我想莫不是他要跟我到修道院所在的镇上去,不会这么倒霉吧。

"哦,我没关系。我自己还留着一小块地,我可以住门房。"看他说这话的样子,别人还以为他是想了什么聪明办法,才成功运作,保住了那间掩在杜鹃花丛背后的老旧废弃门房。房子很潮湿,前门和两扇小窗都被荆棘丛挡得严严实实。

"希基呢?"

"恐怕他得走了,这里没什么活能给他干了。"不可能!希基和我们在一起二十年了,我还没出生他就在这里了。他这么胖,能去哪儿呢?我跟父亲说了这些,但他摇了摇头。父亲不喜欢希基,而且他羞于面对过往的事情。

"你在干什么?"他看着地上那几堆收拾整齐的衣服问,"你可怜的妈妈,可怜的人!"他说着走到窗前哭了起来。

我不想和他起争执,就当没看见他哭。我说:"走之前,我需要买校服、鞋子,还有六双黑长筒袜。"

"买这些要多少钱?"他转身问,脸上挂着眼泪,鼻子翕动着。

"不知道,十镑,或者十五镑。"他从口袋里掏出一些纸币，给了我三张五镑的。一定是银行给了他一些钱。

"我从来都没剥夺过你的任何东西，对你妈妈也是。是不是？"

"是。"

"你只要开口要什么东西，我立刻就会给你。"我说是这样，然后赶快下了楼，给他煎火腿、泡茶。做好后我叫他，他穿着旧衣服下来了。他没打算再出门了，酒瘾暂时消停了。

"你走后会给我写信吧？"他把一片饼干在热茶里蘸了蘸，问我。他把假牙取了下来，只能把饼干泡软了吃。

"会的。"我背对着灶台站着。

"不要忘了你可怜的爸爸。"他说着伸出胳膊，想把我拉过去坐在他膝上。我装作没看见他要干什么，跑到院子里去叫希基喝茶。我回到厨房时，他已经上楼睡觉了。我和希基把包菜和火腿片放一起炒了，味道很不错。我们又拌了点芥子酱。做芥子酱，希基可是一把好手。六个蛋杯，有五个里面都有凝固的芥子酱。他每天都会新做一些，装在一个干净的蛋杯里。

那天晚上芭芭要举办生日派对，我让希基给我一瓶奶油，芭芭可以配着我们做的果冻把奶油吃了。希基刮下两桶牛奶上层的奶油，用手指捋到一个罐子里。他本不该这样，明天我家送去奶场的牛奶含脂量会非常低。

"再见，希基。"

"再见，亲爱的。"牛眼跟着我穿过田地，这条路是去芭芭家的捷径。走过长得低一点的玉米丛时，我停了一会儿，要好好欣赏一番。玉米已经成熟，高高的玉米秆立于地面，金黄一片。地上散落着掉下来的玉米粒，寒鸦飞来啄食。玉米地有自己的阳光，阳光从叶子间穿射而出，穗子在金色阳光和微风中颤动。我在水渠旁坐了一会儿。还记得希基犁这块地的那天，我们带着茶和几块涂了黄油的厚厚的面包片到田里来。后来，一道道小小的绿线从红褐色的地里破土而出，接着寒鸦飞来了。妈妈把她的一顶镶珠子的帽子拿来戴到稻草人头上。我好像看到妈妈从玉米地里走过来，那顶帽子不自然地戴在她头上。关于她的记忆有时会突然向我袭来，我用哭泣来减轻这种痛苦。牛眼坐在尾巴上，默默地看着我哭。过了一会儿，我站起来，牛眼跟着我又走了几码就停下了。它对爸爸非常忠诚，转身往家走了。

芭芭家大门里面停放着五辆自行车，前面房间的窗帘拉上了。收音机里唱着"……那里的女人就是女人，法国香水能让整个房间轰动"，房子里有说有笑的，非常热闹。我知道敲门是没人能听到的，就绕到房子侧面去敲窗户。这扇落地窗朝向外面的小道。芭芭打开窗户，她正狂野地抽着一支烟，穿着一件蓝色新连衣裙，袖子是华丽的蓬蓬袖。

"老天，我还以为是哪个粗老帽来找我家老头子。"

她突然这样说。妈妈去世的这几星期以来，芭芭对我都很好，可一旦跟前有别的女孩，她就不把我当回事了。德克兰胳膊里搂着格蒂·图伊跳着舞从窗前经过，格蒂的黑色发卷像肥硕的香肠一样搭在肩上。德克兰头上歪戴着一顶纸帽子，冲我挤了挤眼。

"老天，我们玩得可太高兴了，你不在这儿太好了。滚回你家做你的玉米糊去吧。"

我以为她在开玩笑，就用非常柔和的语气说："我带了奶油来。"

"拿来！"芭芭说着伸出胳膊接过奶油。她戴着玛莎的银手镯，成人一样圆润的胳膊上长着细密的金色汗毛。

"走开，废物！"她说着啪地关上窗户，拉上了白色法兰绒窗帘。从房子传来她的纵声大笑。

绕到后面可以从后门进去，但我没有这么做，我知道玛莎和她丈夫去利默里克看《丧钟为谁而鸣》了，芭芭肯定会让我整晚都给莫莉帮忙，切三明治、泡茶。于是我决定回家待一个小时。

希基正用钉子在鸡舍上刻他的名字。爸爸已经跟他说过了，所以他要留下自己的痕迹，好让人能记住他。

"你打算去哪儿，希基？"

"去英格兰。反正你一走，我也马上就要走了。"他的声音听起来是欢快的，但人看起来是伤心的。

"你会孤独吗？"

"为什么孤独?不可能!在伯明翰,我一星期能挣二十英镑,还能有个妞。"——然而,他真的很孤独。

"你怎么回来了?"他问。我告诉了他。

"真是个大坏蛋,这家伙!"他说,我一下就高兴了。

希基说他要剪树篱,说感谢上帝这是最后一次干这事了。他拿着剪刀嚓嚓地剪得飞快,我把剪下的枝叶捡起来放进手推车。修剪过后的树篱只剩下褐色的枝条,光秃秃的,看上去冷冷清清的。这下风会穿过篱笆吹进来了。有一个角上的树篱长得特别茂密,希基把它修剪成了一把椅子,我坐上去看会不会陷进去,结果没有。我们把手推车里的枝叶倒进老地窖,又把母鸡关了进去。牛眼已经在草皮房子里睡着了。这样美丽、恬静的金色夜晚,牛眼和爸爸却都去睡觉了,有点反常。爸爸房里的百叶窗已经拉上了,虽然我知道他可能会想喝杯茶,但我没上去见他。我不愿意在他躺在床上的时候进他的房间,总能在他身旁的枕头上看到妈妈躺在那里,神色勉强,面露惊恐,好像正在承受什么可怕的事情。妈妈总是尽可能和我一起睡,只在爸爸要求的情况下才去他的房间。他上床后连睡衣都不穿,我连想一想都觉得尴尬。

那个旧蜂箱还在那儿,放在菜园子的一角。蜂箱掉了两条腿,倒向一边。

"蜂箱怎么办?"我问希基。几年前,希基突然决定养蜂。按他的设想，本地人都会来买他的蜂蜜，那样他就能发财了。于是他就在干完活之后，用几个晚上的时间做了一个蜂箱。他从山里搞了一窝采石楠蜜的蜜蜂，为自己将要到手的大笔收入兴奋不已。然而，正如以往的一件又一件事情那样，又是一场空。蜜蜂在菜园子里把他蜇得哇哇大叫，他跑去让妈妈给他用药热敷。不是因为这就是因为那，反正他最终也没搞到一点蜂蜜，干脆就把蜜蜂都捂在箱子里处理掉了。

"蜂箱怎么办啊？"我又问了一遍。

"让它烂那儿去吧。"希基说。他的声音有些疲倦，回想起来，他应该还叹了口气，他清楚我们经历了多少挫折。这个地方没了，妈妈也没了；水泥地上到处都是泛白的鸡粪，前廊地上的每一寸都密布着蓟草和狗舌草。

"我送你。"希基说。他挽着我走在暮色中的田野里。天气清冷，母牛躺在树下，瞪着大眼睛看着我们。远处传来几声狗叫。草地是静默的，两只蝙蝠在我们前面低飞。

"你去了那个修道院要好好的，长大了，不要老哭鼻子。"希基说。

"我怕芭芭，希基，她那么不把我放在眼里。"

"小丫头牛什么，是想屁股后面挨两脚了。我要给她点颜色看看，看她还敢不敢。"可他没说要给芭芭什么颜色看。

"我去了英格兰会给你寄钱的。"他说,想逗我高兴起来。他把我送到芭芭家大门口,要去灰狗旅店喝几杯。已经过了正常的营业时间,但他就是喜欢这时候去喝酒。

在楼上芭芭的房间里,我掏出傍晚早些时候就藏在内衣背心里的三张五镑的纸币。纸币还热乎乎的,我把它们藏在了枕头下面。我决定第二天去一趟利默里克把校服买了。芭芭上楼后想方设法弄醒我,她拿着一根金鱼草,用湿乎乎的草茎又是拨弄我的眼睫毛,又是撩我的脸。金鱼草是我从家里带来的,我拿了一束,插在床边的花瓶里。

我如果醒了,芭芭说不定会发现我要去利默里克的事,她会要一起去,那我的一天就毁了。

"德克兰!"她从卫生间喊她弟弟来。

"看她睡觉的样子像不像一头猪?"她说着把盖在我身上的东西都揭开了,这样我全身上下都能让德克兰看到了。我感觉到一阵寒意,把脚蜷缩进了睡袍。

"她打起呼噜来像头母猪。"芭芭说。我正要坐起来斥责她胡说八道,他俩却打起来了。德克兰把她打倒在地,她喊着叫莫莉过来。

"你再说一遍!再说一遍!"德克兰说着,在她头顶上方高高举起我的一只鞋。我能透过睫毛缝偷瞄见他俩。那个晚上,德克兰是我的朋友。

芭芭上床后,嘴里不停地说:"她来了,她现身了,她回来了,让你把珠宝都给我。"不管她说什么,我都闭着眼睛,一动不动地躺着。

　　月光照进来,洒在我们身上,在地毯上投下一道银色的光。我一整晚都没睡好,落地钟敲了七下的时候,我起了床,把衣服拿到卫生间里。可是我忘了拿钱,只好又返回去取。芭芭的黑发散落在枕头上,我往外走时她动了一下。"凯特①,凯特。"她叫我,我没吭声。她一定又睡着了。我下了楼,在厨房里的雅家炉前穿好衣服。能出门一整天,远离所有人,我特别高兴。

---

① 凯瑟琳的昵称。

7

我在大门外等公交车时,绅士先生的车开了过去。他顺着街道开到山上的加油站,停下加了油,然后又掉头开了回来。

"你要去哪儿吗,凯瑟琳?"他摇下车窗问我。我说要去利默里克,他说坐进来吧。于是我就坐在他旁边的黑皮座椅上,心开始颤动。一听到他的声音,一看到他的眼睛,我的心就总会颤动。他的眼睛是疲惫的,或是悲伤的,或是别的什么。他抽着小雪茄,抽完把烟头从窗户扔了出去。

"味道是不是很可怕?"我问。我必须说点什么。

"来,试一试。"他说着从嘴里拿出雪茄递给我。我一边想着他的嘴巴,他嘴巴的形状,他舌头的味道,一边别扭地吸了一小口。我立刻咳嗽起来。我说这味道比可怕还要糟糕,他大笑起来。他开得非常快。

我们把车停在一条小道上。我谢过他后就走了。他在锁车,我真不愿意和他分别,他身上有某种东西让我想和他待在一起。他在身后叫我:"一起吃午餐,凯瑟琳?"我想喝茶,吃奶油面包,但没说出来。

"你要不要来找我?"

我说好的。他的眼神依旧悲伤,但我是哼着歌离开的。

"你不会忘了吧?"

"不会的,绅士先生。我不会忘的。"我要赶紧去商店。

我进了正街上最大的那家商场,妈妈经常去那儿买东西。我问一个跪在地上擦地板的女人哪里可以买到校服裙。

"五楼,孩子,坐电梯上去。"那女人微笑的时候,能看到她嘴里的牙掉光了。我给了她一先令。省下了坐公交车的三先令,我可以奢侈一下。

进了电梯,一个穿着纽扣短上衣的男孩在操作电梯。

"我要买一条校服裙。"我说。他没理我。

我坐在角落的小凳子上,第一次坐电梯,头有点晕。我们经过了三层,每到一层电梯都咔嗒一下;等再咔嗒一下,停了,男孩就让我出了电梯。校服裙柜台就在对面,我走了过去。

买完后我在衣帽间称了一下体重,发现比标准体重轻了七磅[①]。体重秤的侧面印着一个表格,写着每个身高

[①] 约合3公斤。

应该对应什么样的体重。

我下了楼。地毯有些破旧,但走起来是软的。我在商场的地下那层给每个人都买了礼物:给爸爸的围巾,给希基的折叠刀,给芭芭的船形香水,给玛莎的粉色护手霜。然后我来到了街上,看了看珠宝橱窗。那里有很多我喜欢的手表。我走进街角的一座大教堂,在里面许了三个愿。人们说每进一座新教堂,都能有三个新的愿望。这里的圣水不像家里那边那样盛在圣洗池里,只有一个窄小的水龙头在滴着水。我把手指放在水龙头下,求上帝保佑。我祈愿妈妈能在天堂,祈愿父亲永远都不要再喝酒,祈愿绅士先生不要忘了一点钟见面。

我提前半小时到了酒店,以免错过绅士先生。我不敢进酒店大堂,害怕服务生会说我没权利待在那儿。

绅士先生理了发,走上台阶的时候,五官看起来很精神,我可以看到他耳朵的上缘。理发前,他的耳朵边缘藏在一缕柔软的灰白头发下面。他冲我微笑。我的心再次颤动起来,而且我发现自己几乎说不出话了。

"男人更愿意吻不涂口红的女孩,知道吗?"他说。他指的是我嘴唇上涂的两道淡淡的粉色口红。我在伍尔沃斯超市买了支口红,然后去柜台找了面镜子涂上,那面镜子照出了我脸上的所有毛孔。

"我没想着要接吻,我从来没吻过任何人。"我说。

"从来没有?"他在揶揄我,我从他微笑的样子能看出来。

"是,任何人,除了希基。"

"再没别人了?"我摇摇头。他挽住我的臂弯,我们一起走进了餐厅。我的胳膊很瘦,肤色又太白,我为此感到羞愧。

这是我第一次在城里的酒店用餐,我决定点菜单上最便宜的东西。

"我要爱尔兰炖菜。"我说。

"不,别点这个。"他回答。他生气了,但不是真生气,只是做样子。他给我俩都点了小鸡肉。另一个服务员拿来了一瓶红酒,深绿色的酒瓶高挑纤细。我俩之间的桌面上放着一瓶混杂的花,但闻不到香味。

他往自己的杯子里倒了一点红酒,品了品,微微一笑,然后又往我的杯子里倒了点。我在教堂受坚信礼时做过成年前不饮酒的保证,但不好意思告诉他。他一直在对我微笑。他的微笑是悲伤的,我喜欢这种微笑。

"说说你今天做了什么。"

"我买了校服,然后四处逛了逛。就这些。"

红酒很苦,我更愿意喝柠檬水。后来我又吃了个冰激凌,绅士先生吃了一种白色的奶酪,里面带着绿色的霉菌丝。那奶酪闻着像希基的袜子,不是我买给他的新袜子,是他床垫下面的旧袜子。

"真好吃。"我说着把盘子推到桌子边上,方便服务员拿走。

"是的。"他表示同意。我不知道绅士先生是害羞，还是只是懒得说话，要不就是感到无聊。他不太擅长聊天。

"改天我们一定要再吃一次午餐。"他说。

"我下星期要走了。"我说。

"去美国吗？糟糕，我们再也不能见面了。"我想他是不是觉得自己很风趣。他又喝了几杯酒，眼睛大大的，眼神非常非常伤感。只要我想要看他，他的目光就会迎上我的目光。

"你说你从来没有吻过任何人？"他说。他看我的方式，让我觉得自己很幼稚。他在盯着我看，有时是直接盯着我的瞳孔，有时他的目光会在我的脸上游走一圈，然后在我的脖子上停留片刻。我的脖子。我穿了一件弧形领口的丝质连衣裙，脖子的皮肤雪白。裙子是冰蓝色的，上面印着花朵。我有时觉得这些图案是苹果花，有时又觉得是飘落的雪花。不管是什么，这是件很好看的连衣裙，裙摆上有无数的小褶，走路时会飘曳起来。

"下次我们再吃饭就不要涂口红了。"他说，"我喜欢你不涂口红的样子。"

咖啡很苦，我加了四块糖。我们从酒店出来后去看电影。他给我买了一盒巧克力，上面扎着丝带。

看到一半时我哭了，电影里那个男孩不得不离开女孩上战场，故事有些悲伤。看见我哭，他笑了，低声说我们出去吧。他拉着我的手穿过黑暗的过道，走到前厅。他给我擦了擦眼睛，让我笑一笑。

我们往回开时，天仍然亮着。远处的山丘一片青色，山峦褶皱里的树是淡淡的灰紫色。地里的农夫把干草沿着路边堆积起来，孩子们坐在草垛上吃着苹果，把果核扔到水沟里。干草的味道从车窗吹进来，夹带着辛辣味与芳香。

一个穿着雨靴的农妇正赶着奶牛回家挤奶，我们只得慢下来，等她和奶牛从一个侧门进去。我突然发现他正在看我。我们相视而笑，他的一只手从方向盘上移下来，放在我穿着冰蓝色裙子的腿上。我的手在等待着这一刻。我们的手扣在一起，在接下来的路途中一直如此，只在急拐弯处才会分开。他的手不大，皮肤白皙、光滑，没有汗毛。

"你是发生在我生命中最甜蜜的事情。"他说。他只说了这一句，而且只是一句低语。后来，我躺在修道院的床上时，经常想，他真的说过这句话吗，还是这只是我的想象。

我下车前，他捏了捏我的手。我道了谢，手探到后座去拿我的包裹。他叹了口气，似乎要说什么话，但这时芭芭跑了过来。他就这样从我身边溜走了。

我的灵魂活了过来，沉醉了，那是一种我从未体会过的感觉。那是我一生中最最幸福的一天。

"再见,绅士先生。"我隔着车窗说。他的微笑中有一种奇怪的感觉,似乎在说:"不要走。"但他还是走了,我的新神灵,他那张仿佛是用白色大理石雕刻而成的脸、他的眼睛,让我为所有不曾认识他的女人而感到悲哀。

"你到底在胡思乱想什么?"芭芭问,我笑着走进屋里。

"我给你买了个礼物。"我对她说。我心里一直在唱:"你是发生在我生命中最甜蜜的事情。"这句话就像珍藏在我口袋里的一颗宝石,我必须把这话说出来,好让我能感觉到它们,忧郁的,珍贵的,迷人的……我永不消逝的、永不消逝的歌。

8

我最后一次看见我家是在一场雨中。我们坐着布伦南先生的车经过我家大门,前面的地里有一匹白马正在飞奔。

"再见了,我的家。"我擦去车窗玻璃内侧的雾气,挥了挥手,最后再看一眼那扇生锈的铁门、那条雨水婆娑的林荫道。

我的手帕已经被眼泪打湿了。一整个上午我都在哭。我哭着在旅馆和希甚、莫莉,还有梅茜告了别。芭芭也哭了。我和芭芭那阵子不和对方说话。

玛莎坐在我和芭芭中间,我俩各自朝自己这边的窗外看,但也没什么可看的——风吹弯了的树篱,忧郁的群山,农场里湿漉漉的母鸡蜷缩成一团。

父亲坐在前排和布伦南先生说着话。

"这可是辆好车。一加仑能跑多少英里?"父亲问。他一下点了两支烟,称呼布伦南先生为"医生"。"给你,医生。"布伦南先生含混地说了声谢谢,他从来没有称呼过我父亲的名字。

出于怨恨,玛莎为自己点了支烟。父亲没想到她,他对女人没有兴趣。

我突然担心自己会不会忘了拿什么,就把行李箱里的东西都在脑子里检查了一遍。那些小东西是不是都放进去了?内衣上是不是都缝上了姓名条?芭芭的姓名条是在都柏林印制的,我的是自己用油墨写在白色胶带上做成的,然后缝在衣服上。我不喜欢做缝纫活,大多都是莫莉帮我缝的,我把妈妈的两条裙子给了她作为回报。蛋糕和图伊太太给我的两罐蜂蜜在旅行包里,杰克·霍兰给我的自来水笔在校服裙前面别着。玩具茶具也都放在旅行包里,小杯子和小碟子一个个都用餐巾纸分别包好,茶壶和糖罐放在麦秸托垫里。托垫是从绅士先生送我的巧克力盒最下面一层取出来的。下层只有几颗巧克力,其余的全是托垫。我本打算给生产商写封投诉信,因为里面有张字条,说不满意的话可以写信给他们,但我最后觉得麻烦就没写。

这套玩具茶具是我从家里带走的唯一的东西。我特别喜欢,以前常坐在瓷器柜前看着它们,也不做什么,就只是看着它们沐浴在阳光下的样子。这是一套浅蓝色的瓷器,看起来非常脆弱、易碎。我的意思是,它们甚至比一般的瓷器都更易碎。这是我发现没有圣诞老人的那个圣诞节妈妈送我的礼物。至少是芭芭笑话我还相信有圣诞老人、真是个大傻瓜的那个圣诞节,她说傻子都知道圣诞老人不过是你妈或者你爸扮的。妈妈把茶具送给我,我问能不能把它们放在瓷器柜里。这方面我很像个大人;和别的孩子不一样,我从来不玩玩具,不弄坏,也不拆卸。我有五个娃娃,任何一个都没有一点伤痕。妈妈常常会把一块糖放进其中一个小茶杯,作为给我的惊喜。我每次掉了一颗牙,也会在晚上放进其中的一个小茶杯。到了早上,牙不见了,取代它的是一枚六便士的硬币。妈妈说,那是仙女夜晚进房间跳舞时留下来的。

想起这些小事,我哭了起来。父亲回头看了一眼说:"你可以想象自己要去的是美国。我们过段时间肯定会找个星期天去看你们,对吧,医生?"我难以开口告诉他,我哭并不是因为他的缘故。我说不出"你一次都不来,我也不会在乎",或者"我在修道院会比待在门房那个家里更快乐,在门房要用潮湿的木柴生火,还要为你嘴里呼出的威士忌气味担惊受怕"。但是我什么都没有说。我竭力控制住眼泪,祈祷不要为了找一条干净的手帕而不得不翻行李箱。行李箱在玛莎脚下放着。

"现在你们俩必须和好了。"玛莎说。我们看向彼此,芭芭垂下眼皮,睫毛在脸颊上面忽闪着。她的睫毛非常长,像染得墨黑的雏菊花瓣。"走开,垃圾。"她从牙缝里挤出这么一句话,并把头扭到了一边。

我裹在藏蓝色卡其校服连衣裙和藏蓝色套头毛衣里,

感觉自己像只乌鸦。毛衣是村里一个有编织机的女人送给我的礼物。妈妈死后，很多人都送了礼物给我。我想，大概是人们都可怜我。我的双腿裹在黑色长筒棉袜里，细弱、可怜，而且痒痒的，一个夏天我都没穿长筒袜，已经不习惯了。对十四岁的我而言，我太瘦，也太高了。

"天哪，人家会说你肚子里是不是有寄生虫啊。"那天晚上我试校服的时候芭芭说。她穿上校服很好看，丰满，圆润。她的鬈发剪短了，脸上的皮肤在阳光下晒成了棕色，整个人看起来像是秋天里的一枚坚果，光滑的棕色坚果。

"你们俩，哎，怎么回事？"玛莎问。我们都不吭声。

"你们到那儿之后必须说话了，再没有别人跟你们说话了。"她说。她说得没错，到了修道院，我们俩就只有彼此了。

"我永远都不会跟她说话，永远！"我心里默默地重复着这句话。芭芭伤透了我的心，摧毁了我的生活。这就是她干的事情。

那天晚上从利默里克回来后，我回想着和绅士先生度过的一天，非常高兴，非常幸福。我坐在床上，双脚蜷在红绸羽绒被下，兀自笑着。

"你自个儿乐着呢。"芭芭脱下衣服搭在藤条椅背上，"赶快睡觉，蜡烛要烧完了。"

她在嫉妒我的快乐。

"我想整晚坐在这里做梦。"我慢慢地说,而且我觉得自己的语气里带着几分戏剧性。

"天哪,你疯了吧。到底发生了什么事?"

"爱情!"我张开双臂,摆出一个绝望而迷茫的姿势。

"是哪个傻子?"

"你不会知道的。"

"德克兰?"

"瞎说。"我说,仿佛德克兰是个我连忍都不能忍的无足轻重的小人物。

"希基?"

"不是。"我自得其乐地回答。

"告诉我!"

"不能告诉你。"

"告诉我!"她说着把睡衣塞进裤子里,"说,不然我就挠你痒痒。"然后她就开始挠我的胳肢窝。

"我说,我说,我说!"为了不被挠痒痒,我什么都可以做。所以等能喘过气来的时候,我就告诉了她。

"不可能!绝对不可能!你骗人!"

"我没骗人。他送我巧克力,带我去看电影。他说我是发生在他生命中最甜蜜的事情。他说我头发的颜色非常好看,说我的眼睛像珍珠一样,还说我的皮肤像阳光下的蜜桃。"当然后面这些都不是他说的,可一旦开始撒谎,我就停不下来了。

"继续说,还有什么?"芭芭说,她的嘴巴半张着,又是好奇,又是震惊,又是嫉妒。

"那你谁都不能告诉。"我说,准备透露一点点我们拉手的事。就在这时,我突然看见她眼中有一种神色闪过,那是一种嫉妒,她像猫一样眯起了眼睛。此后,我无数次看到过这种神情,在火车上,在婚礼照片上,而这种时候我总会对自己说:"有个可怜的傻瓜要受折磨了。"我又问了一遍:"芭芭,你谁都不会告诉吧?"

"不会,"——停顿——"除了——绅士先生的太太①。"

"求求你不要告诉任何人!"我请求她。

"不说——除了绅士先生的太太,妈妈,爸爸,还有你家老头。"

"我只是开玩笑呀,"我骗她,"我压根就没碰见他,我刚才是在骗你。他不过是让我搭了个便车去利默里克。只是这样。"

"是吧?"芭芭挑起一侧眉毛,"好吧,"她吹灭了蜡烛,"明天我跟爸爸妈妈要和绅士先生夫妻俩吃晚饭,到时候我会和他说起这事的。"

我在黑暗中脱下衣服,回到了床上,她把毯子全都拽到了她那一边。

---

① 英文原书在此改变字体,以示强调,本书延续原书的表示方法。

"不要说，不要说呀！"我央求她，可她已经在我的央求声中睡着了。

第二天午后，他们果真和绅士先生一家去吃饭了，到晚上十二点前才回来。我一直站在客厅的门后等着。

"还没睡觉啊，凯瑟琳？"布伦南先生问我。他翻着电话机旁的地址本，看晚上有没有来电。玛莎抱着一大束剑兰进了门，目光炯炯，满面笑容。

"没有，布伦南先生。"我说。我弯了一下手指，示意芭芭跟我到书房来。

"芭芭，送你个礼物，是妈妈的一枚戒指……你最喜欢的那枚，黑色的。"我把戒指给了她，她在黑暗中把戒指戴在手上。戒指中央镶着一颗钻石，在从客厅传来的微弱光线中，能看到它闪烁着亮光。

"你没说吧？"我问。

"没说什么？哦，没有，我没说。我要是说了，绅士先生的老婆早就举着斧头跑来了。不过嘛，我和J. W.（她指的是绅士先生）在花园里散了一会儿步，我说起你了，他说：'哦，看这小家伙被自己的想象折磨的。'"

"不可能！"我大声说。

"哦，正是这样。他当时挽着我散步，把各种各样的花指给我看，还给我摘了一串葡萄，问我这个怎么样啊，那个怎么样，还让我和他一起下盘棋。我刚提到你的名字，他就说：'哦，我们不要说她了。'所以我就没再说这个话题了。我们在花园里待了好长时间，最后绅士先生的老婆把头伸出窗户喊'你们俩'，我们才只好进去。"

一切都结束了。我再也不能直视他的脸了。而且我竟然还把妈妈最好的戒指给了她。

第二天早上，芭芭去做告解了，十一点的时候，电话响了。

莫莉上楼来叫我，我正在写日记——是一些关于绅士先生的伤心文字。

"绅士先生叫你接电话。"莫莉说。我的心狂跳起来。

我渴望下楼去接他的电话，然而他打电话来是要告诉我，我多么庸俗，多么让人讨厌，我对那天发生的事情的描述是多么虚假。我不能忍受这些！

"告诉他我出去了，回头我打给他。"我对莫莉说。我有了个想法，给他写一封优美的信，一封让他叹为观止的信，大部分文字我会从《呼啸山庄》中摘抄。我将藏在一棵树后等着他，他一出来开大门，我就从树后冲出去把信交给他。

莫莉下了楼，说我去做告解了，说等我一到家就告诉我。他们又说了一会儿话，我快要疯了，不知道他还有什么话要跟莫莉说，莫莉终于放下了电话。

"什么事？"我趴在楼梯栏杆上，脸色煞白，眼睛下面有两片青印。我已经有两个晚上没睡了。

"他感到非常抱歉，他要去一趟巴黎。"莫莉说着挽起袖子,在日光下露出她胖胖的、粉红色的强壮手臂。

"去巴黎?"我立刻想到了女孩和罪恶什么的。他怎么能这样?

"是的,他必须马上走,他有个亲戚快要死了。"莫莉说着拿起一把刷子唰唰地使劲刷起了地板。

我再也没有见到绅士先生,因为三天后我们就动身去修道院了。

我坐在车里想起这些只用了片刻时间。很快我的思绪就回到了被眼泪打湿的手帕上,回到了芭芭递给我的一颗告白糖上。

糖上印着"让我们成为朋友"几个字,但是我悲伤万分,笑不出来。

我们在傍晚时分到达修道院所在的镇上。镇子边上有一个湖,湖面黝黑一片。我们开车经过时,犀利的冷风从半开的窗户吹了进来。车接着穿过一条狭窄的街道,两边的人行道上每隔四五十米就有一盏路灯,绿色的金属灯杆之间种着一棵棵杨树。黝黑的水面,悲伤的杨树,陌生的商店外面陌生的狗,这一切都让我陷入无法言说的郁悒。

"好地方。"父亲吸了吸鼻子说。好地方!他知道得可真多。他只是朝窗外看看,就能知道这是个好地方?

"去喝点东西吧,鲍勃?"父亲问。玛莎正在后座上打盹,此刻她的眼睛亮了起来,说:"好啊,去给孩子们买点柠檬水。"

车停在正街,我们进了一家酒店。我的膝盖都僵硬了。酒店大堂里铺着褪了色的红色土耳其地毯,地毯上了楼梯,又一直延伸到大堂外的地方。右边有一个餐厅,里面有很多铺着白色桌布的小桌子,每张桌子上都放着两瓶番茄酱,一瓶是红色的,另一瓶是褐色的。我们进了一间写着"雅座酒吧"的房间。

"鲍勃,你喝什么?"父亲问。我发起抖来,害怕他要喝劲大的酒。

"威士忌。"布伦南先生说着摘下了眼镜,眼镜上蒙了一层雾气,他拿出一块干净的白色手帕擦拭镜片。

"你呢,芭芭妈?"父亲问玛莎。玛莎讨厌被称作"芭芭妈",这样把她叫老了。

"金酒。"玛莎不悦地小声说,她希望她丈夫没有听到,但我看见布伦南先生咬了咬牙,走到那边去看墙上贴的一张褪色的狩猎图片。

"我想,我就喝柠檬水吧。"父亲叹着气。他看着我,意思是让我对他心怀感激,并回看他一眼,用眼神示意他有多么勇敢,多么坚强,多么高尚。但我看向了其他地方,沉溺在自己的痛苦中。我脑海里浮现的是绅士先生的手放在方向盘上的样子,还有他在那个大门前减速等奶牛走过去时,视线从挡风玻璃转向我的样子。

芭芭要了西柚汁。就为了和别人不一样,我恨恨地想。由于要赶路,我们没坐下来。七点之前,我们得到达修道院。红砖壁炉里用泥炭生着一团温暖的火,我真不愿意离开酒店。父亲结了账,我们又动身了。

修道院是一座灰色的石头建筑,上面有几百个没有窗帘的小方窗,就像是有几百只眼睛在窥视着这个潮湿的罪恶小镇。四周围着绿色栏杆,高高的绿色大门通向一条幽暗的柏树大道。父亲下车去开大门,关车门时弄出可怕的声响,布伦南先生皱了皱眉头,我非常羞愧,因为父亲从来不知道怎么能得体一些。

我们把车停在一棵树下,都下了车。走下一段石头台阶后,我们又穿过一个水泥铺地的院子,走向一扇开着的门。一位修女从门廊里走出来迎接我们。她穿着一件宽松的黑色长袍,围着一条黑色面纱。一块叫作温帕尔头巾的硬挺白布围在她脸的两侧,盖住额头、双耳,垂到前胸。头巾几乎盖住了她的眉毛,但勉强能看到眉毛的边缘。她的眉毛乌黑,在红红的鼻子上面、鼻梁中部交会在一处。她的脸庞透着亮光。

父亲脱下帽子,告诉她我们是谁。布伦南先生拎着箱子跟了上去。

"欢迎你们。"她对我和芭芭说。她的手冰凉。

"芭芭,言行举止要注意一点。"布伦南先生不放心地对芭芭说。玛莎亲了我一下,在我手心里放了两枚硬币。我说着"不要,不要",但还是心怀感激地握住了硬币。然后，我不情愿地亲吻了父亲，又好好地拥抱了布伦南先生，我想对他表示感谢，却不好意思说出口。

那位修女一直在微笑，看我们一一告别。从清早开始，她就在看着一个个告别的场面。

"她们会安顿下来的。"她说。她的声音很坚决，虽然并不严厉，但她说"她们会安顿下来的"时，听起来似乎在说"她们必须安顿下来"。

我们的家长走了，我能想象他们要去那家温暖的酒店喝茶、吃各种烤肉，我似乎都能尝到约克风味酱汁辣滋滋的味道。

"好了，"那个修女从口袋里掏出一块男士银表说，"先去喝茶，跟我走。"我们跟着她穿过一条长长的走廊。走廊上铺着红色瓷砖，墙上从中间开始贴着闪亮的白色瓷砖。每个瓷砖砌面的窗台上都摆着一盆蓖麻，大厅的尽头立着一排橡木柜子。这里更像一所医院，只不过闻到的是地板蜡的味道，而不是麻醉剂的味道。一切都一尘不染到令人望而生畏。我想，在一个陌生的地方，连灰尘都可以让人感到亲切和慰藉。

我们把外套挂在衣帽间，她在柜子里找到我们的隔层，上面已经写上了我们的名字，可以把帽子、手套、鞋子、鞋油、祈祷书，还有一些小物品放在里面。这个柜子像个蜂巢，隔层还没有放满。

我们跟着她穿过另一个水泥地面的院子，走到了餐厅。她脚步匆匆,粗粗的黑色念珠串随着她从腰部向外一甩一甩的。我们走进一个大大的房间,高高的天花板下,一张张长长的木头餐桌纵向摆开,餐桌两边摆着长凳。

大一点的女孩,或者叫"高年级"女孩,坐在一张桌上,正热烈地聊着天。聊的内容是她们的假期过得怎么样。我猜很多人都是为了博得关注,在无中生有地编造故事。大多数女孩的头发都洗得干干净净,有一两个长得非常漂亮。漂亮女孩我一眼就看得出来。低年级的桌子上,新来的女孩彼此之间都不认识,个个看起来都很迷茫,闷闷不乐的,正默默地抹着眼泪。

我们按照吩咐面对面坐下,芭芭在桌子那边对我笑了笑,但我俩到现在还是没有开始说话。一个小修女用一个白色的大搪瓷茶壶给我们倒了两杯茶。她那么小巧,我都担心茶壶会从她手里掉下去。她的黑色长袍外面系着白色的平纹细布围裙,这个围裙意味着她是役工修女。役工修女们负责做饭、洗衣、打扫卫生。她们会成为役工,是因为进修道院时,要么没钱,要么没受过教育。其他修女被称作唱诗班修女。我那时还不懂这些,是一个高年级女孩讲给我听的。她叫辛西娅,后来的很多事情都是她教给我的。

面包上已经涂了黄油,旁边的一个迷糊女孩不停把一盘灰塌塌的面包递给我。

"这面包看着都难吃。"我摇摇头。我箱子里有蛋糕,回头可以吃一点。但那女孩又给我传了两次面包盘,芭芭吃吃地偷笑。喝完茶,我们排着队到修道院的小教堂去大声念诵《玫瑰经》。

教堂很漂亮,圣坛上摆着浅粉色的玫瑰花。修女们在祈祷赐福时唱着歌。有个修女的声音像云雀一样,和其他修女的歌声都不一样。她唱着:"嬷嬷,嬷嬷,我来了。"我想到了妈妈,哭了起来。我想起有一天,我和妈妈坐在厨房里,看着一只云雀啄下挂在带倒刺的铁丝网上的羊毛,然后衔回去筑巢。

"你长大了会当修女吗?"妈妈问我。她愿意让我当修女,当修女比结婚好。干什么都比结婚好,这是她的观点。

在教堂的第一个傍晚,一切都是陌生的,我的心情波荡不定。焚香的烟在中厅飘荡,神父字正腔圆的声音也在中厅飘荡,他穿着金色披风跪在圣坛前面。

我们在教堂后面跪在木头长凳上,前面有一排木隔栏,把我们和修女们跪的地方隔开。修女们前后相接地跪在固定在两边墙上的橡木小隔档里,从后面看一模一样,只有见习修女和她们不一样,见习修女戴着蕾丝帽子,蕾丝缝间头发隐约可见。

我们排队走出教堂,发出的动静几乎像二十匹马奔腾在石子路上。有的女孩鞋底带着钉子,能听到钉子呲呲地划着教堂走廊的瓷砖地面。我们来到休闲厅,玛格丽特嬷嬷坐在台上,等着跟我们讲话。她对新来的女孩们表示了欢迎,又对之前入学的女孩们再次表示了欢迎,然后把修道院的规矩简要讲了一下:

> 在寝室里保持安静,吃早餐时也一样。
> 进寝室前要脱鞋。
> 寝室柜内不能放置食物。
> 上楼后二十分钟内就寝。

"听着,"她说,"晚上想喝牛奶的学生请举手。"我的胸肺不好,就举起了手,因此,每天晚上都会得到一杯温吞吞的灰白色牛奶,父亲每年也会因此得到一张两镑的账单。奖学金可不会考虑你的胸肺怎么样。

我们早早就上了床。

我们的寝室在二楼。卫生间在寝室外面的楼梯拐角,二三十个女孩在门口排着队,她们两只脚跳来跳去地轮流支撑站着,好像实在等不及了。我把鞋脱了,拿在手里进了寝室。这是一个长长的房间,两边都有窗户,最里面有一扇门。门上挂着一幅硕大的耶稣受难像,黄色涂料粉刷过的墙上挂着几幅圣像。房间两侧顺长边摆了两排铁床,上面盖着白色棉布床单,铁床架也刷成了白色。床都编了号,我很轻松就找到了自己的。芭芭的床和我的之间隔了六张床。知道她离得不远还是挺好的，万一我俩要说话呢。墙上有三个暖气片，但都是冰凉的。

我坐在床边的椅子上解下袜带，慢慢褪下长筒袜。袜带太紧了，在我腿上勒出了印痕。我看着这几条红印，担心天还没亮就会得静脉曲张，却不知道这时玛格丽特嬷嬷已经站在我身后。她穿着橡胶底鞋，悄无声息地走过来了。听到她说"同学们"，我一下子从椅子上跳了起来。我转过身，正好和她面对面。她眼里闪出怒火，我能看到她眼膜上长了个囊肿。她和我几乎面贴着面了。

"新来的女孩不知道，我们修道院一直以来都以谦恭为傲。我们的女孩，在品德上最重要的就是善良、端庄、谦恭。我们说的谦恭，表现之一就是一个女孩如何穿衣和脱衣。她要以端庄和谦恭的态度来做这些事情。在这样一间无遮无拦的寝室里……"她停顿了一下，因为有人从后面的门里进来了，水壶撞到了木门上。我听得面红耳赤。她接着说：

"楼上高年级的女孩们有自己的隔间，但是，我说过了，在这种没有遮挡的寝室里，女孩们要在睡袍的遮盖下穿脱衣服。做这些事情的时候，要面对床脚，而不能面对床边，那样会惊吓到别的女孩。"她咳嗽了几声，手里捻着一串钥匙，打开房间那头的橡木门走了。

被安排睡我旁边床的女孩眼睛朝天看着。她眼睛斜视，我不喜欢她。不是因为她斜视，而是因为她看起来没有一点品位。她穿着一件漂亮晨衣,一看就价格不菲,脚穿一双毛茸茸的华丽拖鞋。可你会觉得她买这些东西只是为了炫耀,不是因为它们本身漂亮。我看见她把两条巧克力压在了枕头下面。

在睡袍下面脱衣服可是一种需要培养的才能,我尝试了六七次都失败了,但最终我想办法深弯着腰把这事做成了。

我在旅行包里翻东西,灯突然灭了。一个个穿着睡袍的小小黑影在铺着地毯的过道上匆忙跑动起来,然后消失在冰凉的白色床上。

我想把蛋糕取出来,但它放在包的底部,上面放着那套茶具。我只好先把茶具一件件取出来。芭芭悄悄溜到我的床脚边,我们终于又说话了,更准确地说,是说悄悄话。

"天哪,这个鬼地方,"她说,"我一个星期都待不下去。"

"我也是。你饿吗?"

"我能吃下一个小孩。"她说。我正要从洗漱袋里找出指甲锉切一块蛋糕下来,房间那头门上的锁就转动起来了。

我迅速用毛巾盖住蛋糕,玛格丽特嬷嬷打着手电筒向我们走过来,我们一动不动地站着。

"这是什么意思?"她问。她已经知道我俩的名字了，叫我们的时候用的是全名，不只是布里奇特（芭芭的名字）和凯瑟琳，而是布里奇特·布伦南和凯瑟琳·布雷迪。

"嬷嬷，我们感到很孤独。"我说。

"不是只有你们感到孤独，孤独也不是违反规则的借口。"她低声说着，声音却有很强的穿透力，整个寝室的人都能听到她说了什么。

"回床上去，布里奇特·布伦南。"她说。芭芭轻手轻脚地跑回床上。玛格丽特嬷嬷打着手电筒前后左右地照了照，亮光照在了床上的那套小茶具上。

"这是什么？"她拿起一个小茶杯问。

"嬷嬷，是茶具。我妈妈去世了，我就把它们带来了。"这话太蠢了，刚说出口，我立刻就后悔了。我老说蠢话，因为说话不过脑子。

"感情用事，幼稚。"她说着拢起黑长袍的下摆做成兜状，把茶具装进去带走了。

我钻进冰凉的被单，慢慢吃着一片籽香蛋糕。整个寝室里一片哭泣声，能听到女孩们都在被子下抽泣、哽咽。那是尽量压着声音的哭泣。

我的床头靠着另一个女孩的床头。黑暗中，一只手从床头的隔栏处伸过来，把一个小面包放在了我枕头上。那是个糖霜面包，糖霜上面还有个什么东西，可能是樱桃。我给了她一片蛋糕，然后我们俩握了握手。我在想这是个什么样的女孩呢，灯还亮着的时候我没注意到她。不管她是谁，她一定是个好女孩，面包也很好吃。在隔了两三张床的地方，我听见有人在被子下啃苹果。似乎每个人都在吃东西，哭着想念自己的妈妈。

　　我的床正对着一扇窗，能看到天空小小的一角，有几颗星星在闪烁。真好，躺在床上，看着星星，等待着它们黯淡下去，或是消失不见，或是闪耀起来燃成一片绚烂的焰火。在这片死寂、伤感的沉默中，等待着什么事情发生。

9

第二天清晨，我们六点就被叫醒了。修道院塔楼上三钟经的钟声敲响时，玛格丽特嬷嬷进来诵读晨祷。她打开灯，我从床上爬起来摇摇晃晃地站到地上，甚至不知道自己身在哪里。

她催我们迅速洗漱穿衣，弥撒十五分钟后就要开始。

我有气无力地拿起梳子梳理缠结的头发，一看芭芭还在床上。可怜的芭芭，早上她从来都醒不过来。我过去把她拽下床，她打了个哈欠，揉着眼睛问："我们这是在哪儿？几点了？"我告诉了她。她说："天哪个苦！"而不只是"天哪"，这是她新发明的说法。她脸色苍白，一脸痛苦，连鞋带都解不开了。

我俩是最后离开寝室的人。级长已经把灯关掉了，外面漆黑一片，我们必须摸索着走过过道，再摸索着走下通往休闲厅的陡峭木楼梯。我们穿过柏油路赶往小教堂，树上有几只鸟在唱歌。鸟的歌声让我俩想到了同一件事情。毕竟，家不是一个那么糟糕的地方。

我们进去时，弥撒已经开始了，便跪在离门最近的跪凳上，但已经没有凳子坐了。

"我们这样会有女仆膝的。"芭芭小声说。

"那是什么？"

"是一种病。所有修女都因为跪得多得了这个病。"一个高年级女孩转身看了我们一眼，意思是让我们闭嘴。做弥撒的时候，我一直在走神，看看女孩们校服裙上的头皮屑，看看透过花窗玻璃洒进来的阳光，还有跪着的修女们的影子。有的修女虔诚地低着头，有的跪得笔直，年龄大一点的稍稍倚坐在脚跟上，懒散地跪着。我想，成天光盯着她们的后背有没有可能认识她们呢？做弥撒的还有一位修女。她用尖细的声音以拉丁语和神父应答，听起来很好笑。

她叫玛丽修女，神父叫托马斯神父。离开教堂的时候，辛西娅告诉了我他们的名字。

"你是新来的，喜欢这里吗？"辛西娅在下楼梯时赶上了我们。她没有理芭芭。

"太糟糕了。"我说。

"你会习惯的。其实也没那么糟糕。"

"我觉得好孤独。"

"想谁了？你妈妈？"

"不是的，她去世了。"

"哦，可怜的人。"她说着搂住我的腰，承诺她会照顾我。大一点的女孩总是会照顾新来的，辛西娅也会照顾我。我喜欢她。她高高的个子，黄色的头发，褐色的眼睛不怎么大，但眼神中透着机敏。她还有胸，修道院里别的女孩可不敢有这东西。不过辛西娅与众不同，她有一半的瑞典血统，她母亲是后来才皈依的。

我们先到朝向街道的露天院子里做操。院子三面都有墙，剩下的第四面是一排栏杆，把我们和街道隔开了。栏杆边上有一个开放的棚子，走读的女孩们把自行车存放在棚子下面。她们家都在镇上，每天往返于学校和家之间。辛西娅告诉我这些女孩都很热心，意思是她们可以偷偷帮我寄信，还能偷偷从商店里帮我买糖果。

"双臂向前。双手碰脚尖。不要屈膝。"玛格丽特嬷嬷说。能听到大家的膝盖嘎嘎作响，还有一片呼哧呼哧的喘气声。七十个屁股朝向天空，我能看到前面的女孩露出了白白的大腿，就是黑长筒袜的上端和短裤之间的那个地方。

"天哪，这比军队都可怕。"芭芭对我说。她的声音是从下面传来的，因为我们的头都挨着地面。

"没冬没夏地练。"旁边的女孩说。

"安静，保持安静！"玛格丽特嬷嬷喊。她踮脚站着，口里数到十。我们等她数数的时候，一个男孩拎着几罐牛奶吹着口哨从外面路过。他的口哨声比笛声都要美妙。美妙，是因为这男孩都不知道他给我们带来了多大的快乐,给我们所有人。他让我们想起离家之前的那些日子。做完操我们去吃早餐。

早餐有茶和涂黄油的面包,每个盘子里还有一勺果酱。我们热烈地聊起天来。

"谢谢你的蛋糕。"坐对面的女孩对我说。她一头黑发,留着刘海,皮肤白白的,脸上长着雀斑。

"哦,是你啊?"我说。她是个很好的女孩,倒不是说她有多漂亮或打扮得多时髦,而是人好。有一种姐妹的感觉。

"你家是哪儿的?"她问,我告诉了她。

"我有奖学金。"我自己说出来比芭芭说出来要好一些。

"天哪,你一定是个天才。"她蹙着眉头说。

"根本不是啦。"我回答,但她的夸赞让我很高兴,它温暖了我的内心。

"下个星期天有人来看我,会给我带蛋糕和别的东西。"她说。我正要跟她说几句友好的话,毕竟在寝室她的床就在我的旁边,而且她可能会收到不少蛋糕,可这时玛格丽特嬷嬷拍着手进来了。

"安静!"她的声音似乎停滞在房间里,在我们头顶上方悬浮着。她开始朗读灵修书,读了一个关于圣特蕾莎[①]的故事,讲的是特蕾莎在洗衣房工作时,怎么让肥皂

[①] 指特蕾莎修女(1910—1997),因其一生为穷人服务的卓绝成就和伟大奉献精神而闻名。

水溅到眼睛里,以此作为一种修行。

"千万别让肥皂水溅到眼睛里。"芭芭小声嘟囔。我吓坏了,生怕别人听见她的话。

"只要能离开这个鬼地方,我会喝来苏尔消毒液,或者喝什么都行。"往外走的时候,芭芭对我说。老家有个人就是喝了来苏尔中毒死了。玛格丽特嬷嬷从我们身边走过,冲我们露出一个狐疑而冰冷的眼神。但她肯定没听到我们的话,不然肯定把我们开除了。

"我还不如信新教算了。"芭芭说。

"他们也有修道院的。"我叹了口气。

"那也不像这座监牢。"芭芭几乎要哭出来了。我们往寝室走,辛西娅在楼梯拐角处等着我。

"这个给你。"辛西娅把一张能夹在祈祷书里的圣像图片塞给我,然后就飞快地跑开了。图片上用紫色墨水写着:给我亲爱的新朋友,爱她的辛西娅赠。

"煽情的把戏,能酸死人。"芭芭冷笑一声,径直从我前面走进寝室,鞋也没脱。

铺好床后,一个役工修女进来检查我们的头发。

"我有头皮屑,我有头皮屑。"我着急地说,担心她以为那是别的什么东西。

她用梳子拍了拍我的脸颊,让我安静一点,然后拨着我的头发看。"长这么多头发能干什么。圣母可不喜欢这样子。"她说着走到下一个女孩那里去检查。我的荣誉保住了。下一个就是那个眼睛斜视、穿着昂贵晨衣的女孩，她长了虱子。"真丢人！"修女拨动着她稀薄的灰棕色头发说。我很担心晚上虱子会从她的枕头上爬到我的枕头上来。

九点前我们进了教室。芭芭和我坐在一起，我们坐在后排，芭芭说后排安全一些。等修女过来的时候，芭芭在练字本上写了一首小诗，内容是这样的：

> 男孩一个个坐在后排
> 女孩静静地坐在前排
> 男孩不应该拧掐捣乱
> 可有男孩偏要这么干
>
> 老师这样问一个女孩
> 是不是有男孩掐了你
> 有的女孩会大声喊叫
> 有的却觉得无关紧要

第一个进教室的修女很年轻，很漂亮。她的脸粉嫩白皙，皮肤湿润，像盛开在清晨的玫瑰花瓣。她教拉丁语，从教我们认识桌子的拉丁语单词和它的各种格开始，主格、呼格，诸如此类。这节课上了四十分钟，然后另一个修女进来了，教我们英语。她手边的桌子上摆着两根新粉笔，一块干净的绒面黑板擦。她的双手非常白，手指上戴着一枚细细的银戒指，她不停地用手把戒指转来转去。她的五官长得很精致，给我们读了切斯特顿①的一篇散文。

接着第三个修女来了，教我们代数。她拿起粉笔在黑板上唰唰地写着，讲课时带着鼻音。

"向在，同协蒙。"她说。我没在听。秋日的阳光透过宽大的窗户照了进来，我在天花板的角落里搜寻蜘蛛网的痕迹，我以前上的国立学校里有不少蜘蛛网。突然，她扔掉了粉笔，叫同学们专心听讲。我微微哆嗦了一下，开始看她写在黑板上的那些 x 和 y。课一直上到了午饭时分。午饭难吃得要命。

先上的是汤，稀淡的灰灰绿绿的汤。小盘里放了几块干巴巴、灰扑扑的面包。

"这就是煮包菜水。"芭芭对我说。她和我旁边的女孩换了位置，我很高兴和她坐在一起。本来是不允许换座位的，我们都希望别被发现。汤喝完后上了正餐盘。每个盘子里都有一个削了皮的煮土豆、几片咬不动的肉，还有一小堆随便切碎的包菜叶子。

"我是不是跟你说了那是煮包菜水？"芭芭用胳膊肘

---

① 吉尔伯特·基恩·切斯特顿（1874—1936），著名英国作家和文学评论家，著有多部小说、散文集、诗集、文学评论集等。

戳了戳我。我没兴趣。面前盘子里的肉看着很野蛮，闻着像是有点坏了。我又闻了闻，知道自己肯定是吃不下去的。

"这肉是坏的。"我告诉芭芭。

"待会儿扔了。"她冷静地说。

"怎么扔？"我问。

"待会儿散步的时候带出去扔到湖里。"她手伸到口袋里摸出一个旧信封。

我拿叉子扎着肉，正要往信封里放，一个女孩说："别，她会问肉怎么这么快就吃完了。"于是我只放进去一片，芭芭也放进去一片。

"玛格丽特嬷嬷会搜口袋的。"那个女孩对我们说。

"说谁谁到。"芭芭小声嘀咕，这时玛格丽特嬷嬷已经进了餐厅，正站在桌子一头巡查着盘子。我用刀切着包菜吃，发现里面有个黑黑的东西，就把这块挑出来放在面包盘子里。

"凯瑟琳·布雷迪，你怎么不吃包菜？"她问。

"里面有只苍蝇，嬷嬷。"我回答。实际上是一只鼻涕虫，但我不想让她太难堪。

"把包菜吃了。"她站在那里，我一叉子一叉子地把包菜塞进嘴里，囫囵咽下去。我想我可能要吃出问题了。后来她终于走了，我把剩下的肉全装进芭芭的信封，她把信封塞进套头衫里面。

"我看起来性感吧?"芭芭问,她的一侧胸部高高地鼓了起来。

吃的都清空后,我们把所有盘子一个一个地传到桌子前头。

那个役工修女又进来了,手里端了一个金属盘子,她把盘子放在桌子角上,给我们分发圆圆的木薯粉甜点。

"天哪,看着像鼻涕一样。"芭芭凑到我耳边说。

"哎,芭芭,别说了。"我央求她。吃了包菜后我感觉非常难受。

"我有没有给你说过德克兰会唱的那首儿歌?"

"没有。"

"'你会怎么选:跑步一英里,吸掉一个疮,还是吃一碗鼻涕酱?'嘿,你选哪个?"她不耐烦地问。我听了还不笑,她恼了。

"我宁愿去死,就这样。"我说。我喝了两杯水,和她离开了餐厅。

课一直上到四点。下课后我们挤到更衣间,取了外套,准备到外面去散步。能去街上走走真好。但是我们没经过正街,而是走上一条小道,朝那个湖走去。经过湖边时,将裹着肉的小包袱一个接一个地投进了水中。

"我已经搞定了,听到声音了吧?"一个高年级女孩说。小包袱慢慢沉了下去,水面上泛起一圈圈小小的涟漪。没走多久就到时间了,我们路过商店的时候,一个个饥肠辘辘,孤独惆怅。有级长管着,根本没办法进商店。我们两两成行地走着,走在我后面的女孩踩到我的脚后跟一两脚。

"对不起。"那女孩不停地说。她就是第一天晚饭时不停把面包传给我的那个无精打采的女孩。她校服裙外面套着藏青色华达呢外套,戴着一副钢丝边眼镜。

"给你一便士,告诉我你在想什么。"芭芭对我说。我的想法可不止值一便士,我想的是绅士先生。

散步回来后,我们做了作业,喝了茶,又念了《玫瑰经》。念完后,我们去修道院里的小路上转了转。辛西娅和我们一起,三个人挽着手走过花园,闻着泥土潮湿的味道,闻着开在深秋里的花朵浓浓的香味;然后我们一起爬上了通往运动场的小山。这时天色已近傍晚。

"天黑得越来越快了。"我意志消沉地说。我说这句话的方式和妈妈一模一样,这种相似让我惊恐,我不想像妈妈一样终日忧郁。

"咱们要无话不谈。"辛西娅说。辛西娅是个快乐、充满活力,而且对秘密能守口如瓶的女孩。"你们有男朋友吗?"她问。

我心想,有,一个老男人。但把他当作男朋友很怪异;毕竟我才十四岁。我们在利默里克的那一天已经像很久很久以前的事了,像做梦一样。

"你有吗?"芭芭反问她。

"嗯，我有，他特别棒。他十九岁了，在一个汽车修理厂上班。他自己有一辆摩托车，我们去跳舞或干其他事都会骑摩托车。"她的声音里充满了兴奋，沉浸在回忆的甜蜜中。

"你放荡吗？"芭芭很直白地问。

"什么叫放荡？"我插了一句话，这个词让我有点困惑。

"意思就是一个女人比别的女人更容易有小孩。"芭芭快速地回答，很不耐烦。

"你是吗，辛西娅？"我问。

"看怎么说吧。"她轻轻地笑了。她为那辆摩托车而笑，她骑在车上，红头巾扎起头发，摩托车飞驰在乡间小路上，两边开满了一丛丛吊钟海棠，她的胳膊搂着他的腰，耳环像吊钟海棠花一样在风中垂荡。

"搂紧一点，再搂紧一点。"他说。辛西娅依从着他。辛西娅可不是小天使，她是一个大大大女人。

我们坐在山上的凉亭里，看着下面的女孩子们三三两两地走过去。凉亭的一个角落里摆着一些花园座椅，地上扔了不少园艺工具。

"这些是谁在用？"我问。

"修女们。"辛西娅说，"她们现在没有园丁了。"她诡秘地一笑。

"为什么？"我很好奇。

"去年有个修女跟着园丁跑了,她一直在这里给园丁帮忙,弄弄花床什么的,这不就好上了嘛!然后她就跑了。"这可真够刺激的,这种故事正是我们想听的。芭芭凑过身去,满面放光,竖起耳朵准备好听一个鲜活的故事。

"怎么跑掉的?"她问辛西娅。

"晚上,翻墙过去的。"

芭芭哼起了歌:"当月光照在牛棚上时,我会在厨房门——口等着你。"

"园丁和她结婚了吗?"我问。我感觉到自己又开始颤抖了,因为还没有听到故事的结局而焦急得颤抖,因为想要听到一个幸福的结局而颤抖。

"没有,听说几个月后园丁就离开了她。"辛西娅平淡地说。

"啊,天哪!"我惊叫起来。

"天哪,什么天哪!她翻墙出去找他的时候可不是什么漂亮美人,头又秃,别的方面也不怎么样。当修女的时候还行,围着白头巾,看上去还挺神秘。而且我猜她跑出去时穿的那条裙子肯定土里土气的。"

"谁的裙子?"芭芭问,她总是很务实。

"玛莉·杜菲的。她是今年的级长。那个修女当时负责圣诞音乐会,玛莉·杜菲从家里拿了条裙子来,她要演鲍西娅[①]。音乐会结束后,裙子就挂在更衣间,然后有一

[①] 莎士比亚喜剧《威尼斯商人》中的重要女性人物。

天它就不见了。我猜是那个修女偷走了。"

修道院的钟声敲响了，召唤我们回学校，从凉亭、从泥土的气味中、从分享秘密的乐趣中回去。我们一路往回跑，辛西娅警告我们千万别说出去。

那晚去睡觉前，辛西娅在楼梯拐角处亲吻了我，从此以后，每晚她都会亲吻我。我们如果被抓到就没命了。

芭芭看见了我们，很受伤。她快步走进寝室，我小声跟她说晚安的时候，她用一种沮丧的眼神看着我。

"之前我跟你说的关于绅士先生的一切都是开玩笑的。"她说。

她是在求我把辛西娅从我们的三人行和私密聊天中排除出去。我想，我就是从那晚开始不再畏惧芭芭的。上床时，我的心情非常愉悦。

和我的床头相对的那个女孩在被单下偷偷啃着东西，我能听到。我等了好久，等着她能递给我点什么吃的。我已经把籽香蛋糕拿到餐厅分给那桌的所有人了。并不是出于慷慨，而是因为害怕，害怕被抓住，害怕柜子里招来老鼠。希基说过，害怕老鼠的女孩也会害怕男人。

她吃了好久好久，最后我绝望了，我几乎就要开口问她要一点点的时候，突然想起来洗漱包里有一瓶治感冒的维克斯达姆膏。在家的时候，我经常会尝一尝，我知道那个味道真让人恶心。于是我探出手，从洗漱架下层拿到药膏，抠出一小块放在舌头上。饥饿感瞬间就被消灭了。

　　我闭上眼睛，想着要不要给绅士先生写封信，又担心他太太会看他的信。

10

日子一天天过去。一日和一日间的不同无非是今天下雨了，明天叶子凋落了，或者是代数老师换了件新的毛线披肩。她那件旧的黑披肩已经泛了绿，边缘也磨毛了。她对这件新披肩非常得意，每次脱下来时都要把雨水抖一抖，然后小心地铺在暖气片上。暖气在烧着，但暖气片只是微温，课间我们都把手搭在靠近课桌的暖气片上取暖。芭芭说我们会长冻疮的，结果真的长了。

芭芭现在非常安静，她没能成为修女们宠爱的学生。她曾被罚在小教堂里站三个小时，因为玛格丽特嬷嬷听见她直呼圣名。她聊天时聪明机灵，在课业上却是一副愚笨的样子。我周考得了第一，压力因此大到要命。我一直在担心下星期得不了第一该怎么办，所以晚上常常在床上打着手电筒学习。

"我的天，你会成斗鸡眼的，那也是活该。"芭芭看见我在被窝里看书，对我说。我回答说我喜欢学习。学习能让我不去想别的事情。

几星期后的一个星期六,玛格丽特嬷嬷给我们带来了信,信都已经打开了。

"这些男士都是什么人?"她边问边递给我两封信:一封是希基的,一封是杰克·霍兰的。还有第三封信,是父亲写的。这封信像是写给陌生人的。信里他说已经搬到门房住了,感觉很不错。他还说现在妈妈不在了,那个大房子实际而言也就过大了。我在脑海中把所有房间都走了一遍;我看见拼布做成的被子,看见妈妈自己做的红色绲边硬布壁炉屏风,看见用绿色油彩刷过的潮湿的墙。我甚至拉开了抽屉,看见妈妈放在里面的小东西——旧圣诞饰物、空香水瓶、她为万一要去医院备着的丝绸内衣、备用的成套窗帘,还有随处可见的白色樟脑丸。

"牛眼想念你,我也一样。"写到这里,他的短信就结束了。我把信揉成一团,不想再看。

杰克·霍兰的信如我所料很花哨。他用的是横线笔记本纸,笔迹如蜘蛛腿一般细长蜿蜒。他谈到天气是多么温和,两行之后,又谈到他未雨绸缪为倾盆大雨做好了准备。实际上就是在楼上的房间里放几个盆子接水,盆子如果不够了,就用旧抹布吸掉房顶漏下来的雨水。信里有一段话让我很是困惑,是这样写的:

> 我亲爱的凯瑟琳,是她母亲的复刻与延续,我认为你没有理由不归来,以继承你母亲的房舍,传

承她令人叹服的持家传统。

我想他是不是想把我家的房子还给我,但另一个念头在我脑中一闪,我暗自笑了。信里说他和他的残疾母亲没有住进我家,但有个修道会的修女给了他一个诱人的提议,她们想把那个地方租下来办初学院。他说是法国的修女们。这下绅士先生可美了,我酸溜溜地想。他没给我写信,我非常失望。

一张照片从希基的信里掉了出来,是他为去英格兰拍的护照照片。照片上,希基笑容满面,一脸快乐,又有些不自然。照片上的他和他本人一模一样,除了领子和领带。在家的时候,他从来不扣衬衫上面的扣子,都能看到他胸口短短的黑色汗毛。希基的信中拼写错得一塌糊涂。他说伯明翰熏得黑乎乎的,"到处是一群一群的人,波特酒能贵一倍"。他找了份工厂巡夜的活儿,所以白天可以睡一整天。他随信寄给我一张五先令的汇票,我说了好多遍谢谢,心想如果说的次数足够多,也许他在黑乎乎的伯明翰就可以感应到。我把汇票收好,准备留给万圣节派对用。

10月份过得很是缓慢。树叶落了,一棵棵树下铺满了落叶,一堆堆褐色的枯叶,叶边卷了起来。后来的某天,一个人过来把这些叶子堆到前院的一个角落,点了一堆篝火。晚上我们去念《玫瑰经》的时候,篝火堆仍然在冒烟，院子里飘着一股郁结的烧叶子的味道。念完《玫瑰经》后，我们聊起了万圣节派对的事。

"把那个有虱子的叫上。"芭芭对我说。她指的是睡在我邻床的那个女孩。

"为什么？"我知道芭芭讨厌她。

"她妈开了家商店，寄给她的包裹把接待室都快撑爆了。"每天都有为万圣节派对送来的包裹。我不能要求父亲给我寄东西，男人是做不了这些事情的。所以我问他要了钱，托一个走读的女孩帮我买了一个万圣节特色果脯面包、几个苹果，还有一些花生。

派对的日子到了，我们把修道院的小桌子搬到休闲厅，五六个人坐一桌，一起分享包裹里的东西。辛西娅、芭芭、长虱子的女孩——她叫尤娜，还有我，坐一张桌子。尤娜收到了四盒巧克力、三个商店里买的蛋糕，还有一大堆糖和坚果。

"吃颗糖，辛西娅？"芭芭说着打开了尤娜的巧克力，尤娜也不介意。没有人喜欢她，所以她一直都在给别人好处，好让人跟她做朋友。辛西娅收到了自家做的好吃的燕麦饼，吃一口，粗糙的燕麦颗粒就会粘到牙齿上。

"吃一个吧，嬷嬷。"辛西娅对着在桌子间走来走去的玛格丽特嬷嬷说。玛格丽特嬷嬷那天一直面带笑容，甚至对芭芭都施以微笑。她拿了两个燕麦饼，但没有吃，而是放进了侧面的口袋里。她走开后，芭芭说："她们要把自己饿死的。"现在想想，嬤嬤做的是对的。

"你这包裹真是太寒酸了。"芭芭说，她凑过来往我纸盒子里瞅，看到了果脯面包和其他东西。我涨红了脸，辛西娅从桌子下捏了捏我的手。芭芭把自己的东西和尤娜的混在了一起，所以我也不知道她收到的是什么，但我知道玛莎跟她说过要和我一起吃。我们个个都吃了个大饱，然后把桌子收拾干净，地上坚果壳、苹果核、糖纸扔得到处都是。几乎每个女孩都戴上了藏在果脯面包里的一枚戒指①。然后我们去小教堂为圣灵祈祷。辛西娅搂住了我的腰。

"不要在意芭芭的话。"她温柔地说，但我已经在意了。芭芭在后面和尤娜走在一起，尤娜送给她一盒没有打开的巧克力和几个橘子。橘子皮有一种奇异的味道，我在兜里装了一些，在小教堂时可以闻一闻。

"晚上见。"辛西娅说。我们戴上贝雷帽进了教堂。教堂里一片昏暗，只有圣坛近处的圣堂灯发出昏暗的光。我们为炼狱里的亡魂做了祈祷。我想起了妈妈，哭了一会儿。我把脸埋在手中，这样旁边的女孩就会以为我是在祈祷，或是冥思，或是在干别的什么事情。我努力回

---

① 根据爱尔兰的万圣节风俗，会在果脯面包里藏一些小东西，比如豆子、布片、硬币、戒指等，每种物品预示着不同的运气，如布预示着财运不好，硬币预示着财运会来，戒指则预示着美满婚姻。

想妈妈从做完告解到去世一共有过多少罪恶。我想起来，有一次在一个商店里买东西，店主多找了零钱，我说我要还回去。

"不用还，他们从我们手上挣走的可比这多。"妈妈说着，把这些零钱放进了食品柜里裂了缝的罐子里。她还说过一次谎。平房区的史蒂文森太太来我家借驴子，妈妈说驴子让希基拉到沼泽地里去了，实际上驴子那时候就在菜园子里，正屈着腿卧在梨树下睡大觉。妈妈让我去找跑到外面下蛋的那只黑母鸡时我看见它了。每年那只黑母鸡都会跑出去下蛋，然后在水沟里孵小鸡。过段时间，你就会看见黑母鸡优哉游哉地返回鸡舍，后面奇迹般地跟着一窝毛茸茸、嫩黄色的可爱小鸡。我停止了哭泣，但脸颊已经哭红了，眼皮也直发烫。

"你为什么哭哭啼啼的？"我们往外走的时候芭芭问。

"是因为炼狱。"我说。

"炼狱。那地狱呢？永远在燃烧的火？"我似乎看到了熊熊的火焰，闻到了衣服烧焦的味道。

"你永远都猜不到谁给我写信了。"她嘴里嚼着薄荷糖，得意扬扬地说。

"谁？"我问。

"绅士先生。"她转过来面对着我说。

"让我看看。"我急切地说。

"你到底把我当什么人啊？"她径直往前走了，穿着黑漆皮鞋的脚轻快地一蹦一跳。

"圣诞节时我会问他的。"我冲着她的后背喊道，然而圣诞节看上去是那么遥远。

但是圣诞节终于到了。

12月中旬的一天，我们开始为圣诞假期做准备。辛西娅送给我一个香袋作为礼物，我因为圣诞节测试得了第一名，还得到一尊圣裘德塑像作为奖品。整个傍晚我们都守着窗子往外看，等待着布伦南先生的车。六点一过他就来了，我们马上穿上外套跟他上了车。我们三人都坐在前排，布伦南先生开车前给自己点了一支烟，香烟的味道真好闻，坐在前排的感觉特别好。布伦南先生发动了车，打开了车灯，缓缓地开上大道。我们很快就出了镇子，开到有石墙夹道的路上。夜色芬芳。你几乎可以闻得到夜的味道。我们一路聊着天，我说的比芭芭都多。我们开过农场，农场大门口的木头架子上放着一个个牛奶桶。

一只野兔突然从墙后面冲了出来，顶着车灯的强光蹿过马路。

"逮到了。"布伦南先生说着减了速。他下车往回走了三四十米远。车门没有关，冷风呼呼地吹进车里。这冰冷的空气，感觉真好。修道院就是座监狱。布伦南先生把野兔扔到车后座，兔子四脚伸展，横在后面的黑皮座椅上。黑暗中看不清楚，但我知道这只野兔现在是什么样,我知道它灰棕色的柔软皮毛上一定血迹斑斑。

到了布伦南家,我们下了车,前面所有房间的灯都亮着,灯后充溢着兴奋。我们抢在布伦南先生前面跑进去,等在前厅的玛莎亲吻了我们。莫莉和德克兰也亲吻了我们,然后我们就进了会客室。会客室里,父亲正在熊熊燃烧的壁炉前坐着,脚搭在橡木壁炉框里面。

"欢迎回家!"父亲说,他站起来亲吻了我俩。房子里非常暖和,非常欢乐。窗帘换了,换成了红色的手织窗帘,皮革扶手椅上放着和窗帘颜色配套的坐垫。桌子上已经摆好了茶,我闻到了肉馅饼诱人的香味。一颗火星突然迸出来溅在羊皮毯子上,玛莎急忙冲上去踩灭了。她穿着一条黑色连衣裙,我虽很不情愿,但不得不承认她看上去老了一些。不知怎么回事,就在这几个月里,她已悄然步入了中年,她脸上也不再拥有那种傲然的美貌。

"这火太棒了!"我烤着火,闻着泥炭燃烧发出的令人愉悦的气味。

"这是我送来的。"父亲得意地说。一瞬间,我又感觉到了以前对他怀有的那种抗拒感。

"我一直给他家供泥炭和木柴。"他又说了一遍。我想说,你连个包菜园子都没有,还能给人家供木柴?但是,这是我回家的第一天,就什么都没有说。我想,也许他还存了一些泥炭,也许在田里最边上他还有一两片林子,那里的田地已经荒芜,长成桦树林了。

"你长高了。"他忧心忡忡地说,好像一个十四岁的女孩长高是件多不正常的事。

"孩子妈,明天的美味。"布伦南先生说着把待宰的野兔提了进来。他拎着兔子的两条后腿,兔子的身子长长地垂着。

"哎,别。"玛莎疲倦地说着用手捂住眼睛。

"这个人不出门则已,一出门就把明天的大餐都带回来了。"玛莎对父亲说,布伦南先生这时已经下楼去洗碗间洗手了,并把野兔挂在了肉柜里。

"抱怨得好。"父亲说。他对那种能把人激怒逼疯的琐碎刺痛感毫无知觉。

晚饭前,我们到楼上去换衣服。莫莉把铜烛台拿上来,玛莎在她后面喊别把蜡油在楼梯地毯上滴得到处都是。一想到穿了几个月的黑衣服,现在终于能穿一件色彩鲜亮的裙子,还有丝袜,我就特别高兴。可怜的修女们,真为她们难过,她们从来都换不成衣服。莫莉早已把我们的衣服挂在干衣柜里暖好拿到了卧室。

"那是给你的。"她指着床上的一个包裹说。打开包裹,里面是一双棕色的麂皮高跟鞋。我穿上鞋子,摇摇晃晃地走了几步,让莫莉看看怎么样。

"不得了的。"莫莉说。确实。我从前得到过的任何东西都不曾给我带来如此巨大的快乐。我在衣柜的镜子里注视着自己,千百次地欣赏着自己的腿。我的小腿长肉了，双腿的线条很优美。我是个大人了。

"这是从哪儿来的？"我现在才想起这个问题，刚才激动得都忘了问。

"你爸爸给你买的，是圣诞礼物。"莫莉觉得我父亲是个挺不错的人。每次他来芭芭家，莫莉都会给他泡上一杯茶。一阵尖锐的愧疚感突然扎进我心里，我的情绪也低落了片刻。下楼向他表示感谢，我很难做到。即便我真感谢了他，他也完全不明白那双鞋能给我带来什么样的秘密欢喜。吃晚饭时，我忍不住不停地撩起白色大桌布，看看我的脚。后来我索性侧着坐，这样就能时时刻刻看着我的鞋，时刻欣赏我裹在金色尼龙丝袜里的双腿。丝袜是玛莎送给我的礼物。

晚饭吃的是火腿和泡菜，还有玛莎专门为我们做的水果蛋糕。

"肉豆蔻粉味太重了。"芭芭说。烹饪是芭芭在学校里学得最好的科目。她穿上白色的罩衫揉面团的样子很漂亮。她站在烤箱旁边，等着取出苹果派，或者用一根毛衣针试扎马德拉蛋糕[①]的时候，脸上就会害羞得泛起两团红晕。

[①] 马德拉蛋糕是英国传统蛋糕的一种，常做成长方形或圆形，质地与口感介于奶油蛋糕和重油蛋糕之间。在传统饮食习惯中，食用这种蛋糕时常用马德拉酒伴餐，因此它被叫作马德拉蛋糕。

"你用了多少肉豆蔻粉?"芭芭问她妈妈。

"就一个果。"玛莎无辜地说。芭芭大笑起来,结果把蛋糕渣吸进喉咙里呛住了,我们使劲拍她的背。德克兰急忙跑去给她拿了杯水。她喝了几口水,终于恢复了镇定。德克兰穿着一条长长的灰色法兰绒裤子,芭芭说他的屁股看起来像手帕包着的两个鸡蛋。整个晚饭期间,德克兰都想方设法吸引我的目光,疯狂地向我飞着眼。

门铃响了,过了一会儿,莫莉来敲会客室的门,说:"夫人,是绅士先生,他来看姑娘们了。"

从他踏进房间的那一刻起,我就知道,我爱他胜过生命中的一切。

"晚上好,绅士先生。"我们一齐向他打了招呼。芭芭站得离门最近,他亲吻了一下她的额头,在她头发上摩挲了几下,然后,绕过桌子走过来。想到他就要来亲吻我了,我的膝盖颤抖起来。

"凯瑟琳。"他说。他在我嘴唇上吻了一下。这是一个快速的、不带感情的吻,他还和我握了握手。他看上去有些羞怯,还很奇怪地有些紧张。但当我直视他的眼睛时,我看到它们正诉说着他说过的那些甜蜜话语。

"我的吻呢?"玛莎说,她站在他身后,手上拿着一杯威士忌。绅士先生吻了吻她的脸颊,接过威士忌。布伦南先生说既然是圣诞节了,他自己也要喝上一杯。我们围在壁炉旁坐下。我想去收拾餐桌,玛莎说不用管了。

父亲从茶壶里给自己一杯接一杯地倒冷茶喝,芭芭跟着玛莎上楼往我们的床上放热水袋。绅士先生和布伦南先生聊起了口蹄疫。父亲轻轻咳嗽了几声,向他们示意他也在。父亲给他们递了两三次烟,但他们并没有让他参与到谈话中,因为他总会不由自主地说出什么蠢话。最后,他和德克兰玩起了卢多棋[①],我为他感到难过。

我坐在高背椅上,欣赏着泥炭火苗美丽的色彩。每隔一会儿,绅士先生就看我一眼,他的眼神既诡秘,又充满爱意,同时又饱含着某种承诺。当他终于注意到我的鞋子和穿着新丝袜的双腿时,眼睛在上面停留了一会儿,似乎在心里计划着什么。最后他喝了一大口威士忌,说该走了。

"明天见。"他直接对我说。

"先生,您和我顺不顺路?"父亲问,他当然知道是顺路的。于是绅士先生让父亲搭他的车,他俩一起走了。

"很高兴又在这里见到你了。"布伦南先生说着抱了抱我。他一喝酒就变得有些多愁善感。他看上去非常困,眼睛都睁不开了。

"你该睡觉去了。"玛莎对他说。他解开马甲的扣子,向我们几个道了晚安就去睡了。

"睡觉去,德克兰。"玛莎说。

---

① 卢多棋是一种利用骰子和棋子在棋盘上玩的经典飞行棋游戏。

"哎呀，妈咪。"德克兰恳求她，但玛莎毫不让步。其他人都离开后，玛莎倒了三杯雪莉酒，我们一人一杯。我们围着炉火紧挨着坐在一起，聊着天，这是一种任何男人都不在跟前时关系密切的女人之间的聊天。

"日子怎么样？"芭芭问。

"很糟糕。"玛莎说。她讲了我们走后发生的一切。火燃尽了，成了一堆灰烬，我们上楼去睡觉。玛莎举着灯，火光非常微弱，灯油几乎要熬干了。她把灯放在我们的卧室和她的卧室之间，等我们脱了衣服，就出来把灯熄灭了。布伦南先生的鼾声已经响起，玛莎叹了口气，走进她自己的房间。

11

第二天，天气很冷。绅士先生午饭后来接我。芭芭穿着她的新马海毛外套去街上炫耀了，玛莎躺在床上休息。芭芭神秘兮兮地告诉我玛莎正在经历生活的变故，我很同情她。我不明白那是什么意思，只是大概知道和怀不了孩子有关。

莫莉在大厅里刷着我的外套领子，这时门铃响了。

"你是要搭我的车去利默里克吧。"绅士先生说。他穿着一件黑色呢大衣，看上去神色惶恐。

"是的。"我说，用鞋踢了踢莫莉的脚尖。之前我告诉过她，我要去看望我的姨妈，绅士先生会让我搭个车。

上车后，很长时间我们谁都没有开口说话。他开了一辆新车，座椅是红色真皮的，烟灰缸里堆满烟头。我在想都是谁抽的。

"你圆润了点。"他终于说话了。我讨厌听到这个词，它让我想起小鸡被拉到市场前上称称重的情形。

"也变漂亮了——太漂亮了。"他蹙起眉头说。我说谢谢,问他太太怎么样。多愚蠢的问题!我简直想杀了自己。

"她挺好的,你怎么样?有什么变化吗?"

他的话里含着多种意思,他黄灰色的瞳光里也含着多种意思。他的脸色很疲惫,疲惫不堪,有一种已经丧失了生气的感觉,但他睁大的眼睛里却透出年轻的气息,急切而狂热,充满期待。

"是的,我有变化,我学了拉丁语、代数,还会解平方根了。"他哈哈大笑,说我真是有趣。绅士先生开离了大门,因为莫莉正透过客厅的窗户看着我们。她撩开蕾丝窗帘的一角,鼻子贴在玻璃上都被压扁了。

经过我家门前时,我闭上眼睛,不想看这个家。

"我能握你的手吗?"他温柔地问道。他的手冰凉,指甲冻得发紫。车沿着利默里克的马路开,开着开着天空下起了雪。雪花温柔地飘落下来,温柔地、斜斜地落在挡风玻璃上。雪花落在树篱上,落在树篱后面的树上,落在远处没有树木遮挡的开阔田野上。慢慢地,静静地,万物的颜色都变了,形状也变了,黄昏来临的时候,车窗外的世界披上了一层软软的白色绒毯。

"车后面有毯子。"他说。那是一条方格羊毛毯子,我特别想把它围在我俩身上,但又不好意思这么做。我慢慢地看着一片片雪花在空中旋转。车开始减速了,我知道，在车前盖的雪堆积起来之前，绅士先生会对我说他爱我。

果然，他把车拐进一条小道，停了下来。他用冰凉的双手托起我的脸，非常庄重、非常悲伤地说出了我一直期待他说的话。这一刻对我来说是无与伦比的完美时刻。我曾经遭受过的种种痛苦在这一刻都柔软地融化在他温柔、含糊的声音中，轻轻的，轻轻的，像雪花一样温柔的细语。前面有一棵山楂树，树上的雪像挂了糖霜一样晶莹洁白。雪越下越大，风也越刮越大，后来几乎什么都看不见了。他吻了我。这是一个真正的吻。这个吻传遍了我的整个身体。我的脚尖尽管已经冻得麻木，而且让新鞋子挤得不太舒服，但我的全身都在回应着这个吻。有那么一会儿，我的灵魂已经不知道迷失在哪里。这时我感觉到鼻尖有东西要滴下来了，让我很心烦。

"青鼻子。"我说着找手帕。

"什么是青鼻子？"他问。

"就是冬天的鼻子。"我说。没找到手帕，他把自己的借给了我。

回去的路上，他不得不下了好几次车，因为挡风玻璃的雨刮器被雪卡住了。甚至在他下车的几秒钟时间里，我都因为他不在身边而坠入孤独。

回到家，正赶上喝茶时间。吃的是煮鸡蛋，我的鸡蛋很新鲜，煮得刚刚好，我都已经忘记煮鸡蛋可口的田园风味了。吃着煮鸡蛋,我想起了希基,决定要往伯明翰给他寄一打新鲜鸡蛋。

"能把鸡蛋寄到英格兰吗?"我问芭芭。她的嘴唇上沾满了蛋黄,正用舌头舔着。

"能把鸡蛋寄到英格兰吗?当然可以把鸡蛋寄到英格兰,如果你想让邮递员运一箱子黏糊糊的玩意儿、蛋清糊他一袖子的话。如果你想当个白痴,当然可以把鸡蛋寄到英格兰,不过鸡蛋在半路上就会变成小鸡的。"

"我只是问问。"我恼火地说。

"你真是个十足的大傻瓜。"她说着朝我扮鬼脸。饭桌上这时候只有我们两个人。

"你给辛西娅送什么圣诞礼物?"我问。

"不告诉你,管好你自己的事!"

"我也不告诉你!"我说。

"事实上,我的礼物已经给她了,是一件贵重的珠宝。"芭芭说。

"不是我给你的那枚戒指吧?"我问。她带到修道院去的唯一珠宝就是那枚戒指。我们不允许戴首饰,她就把戒指放在念珠袋里。我两口喝完茶,然后跑到前厅去翻她的口袋找念珠袋。戒指不在袋子里。妈妈最心爱的戒指。什么东西一旦让芭芭得了手,就失去了它的价值。

我穿上外套,上楼去拿手电筒。玛莎房间的门缝里透出一道灯光。我敲了敲门,头探进去。玛莎在床上坐着,肩上披着一件开衫。

"我到街上去一下,很快就回来。"我说。

"早点回来吧,今晚我们要玩牌,大家一起玩,你爸爸也会过来。"她脸上带着微弱的笑容。玛莎正在承受着痛苦,她在为之前在旅馆里度过的那些欢快的夜晚付出代价,那时她跷着二郎腿,手里拿着昂贵、浓烈的酒细细品尝。她现在和布伦南先生分床睡。

这几个小时里,雪已经开始融化了,路上非常滑。手电筒快没电了,光线越来越暗,几乎什么都看不见。我不习惯在黑暗中走路,但仍然记得哪里有台阶。旅馆门口有一段台阶,过桥之前还要再走两段台阶。那条河依旧发出湍急的水流声,我想起那天,和杰克·霍兰靠在石桥上时,我还在水中找鱼。现在我就是去找他的。

街上的阴沟里,雪融化成水,顺着街道往下流。天气寒冷刺骨。

那天,这里有一个火鸡市场,商店外面还有很多马和马车。那些马嘶鸣着快速甩着头,好让自己能够暖和一点,你几乎可以看见它们哈出来的气变成一缕缕的寒霜。店家已经为圣诞节给织物店的窗户做好了布置,挂上了冬青枝条、圣诞袜子,还有金箔碎条。手电筒光太暗,看不清楚这些东西,但能看见商店里有很多村里的女人,买靴子的、买内衣的、买棉布的。我从奥布莱恩家的织物店门廊往里看,看见奥布莱恩太太正在灯下量做窗帘的材料。一个乡下男人坐在椅子上试靴子,他妻子摸了摸鞋面的皮料,又捏了捏鞋头,看脚尖是不是伸到鞋子最前面了。杰克的商店就在隔壁。我进了店,希望商店的酒吧里挤满了喝酒的人。唉,居然是空的。杰克像个鬼魂一样坐在柜台后面,在一盏手提灯微弱的灯光下填写着账簿。

"哎呀,亲爱的!"他一抬头看见我,便摘下钢丝边眼镜,走出来迎接我。他把我带到柜台后面,让我坐在一个茶叶箱上面。我脚下放着一个煤油炉子,正冒着黑烟,店里一股煤油味。

"我们的爱尔兰姑娘。"他说,然后开始猛打喷嚏。他拿起一块旧法兰绒布片擤鼻涕,我看了看他刚才正在填的账簿。翻开的那页粘着一只死蛾子,下面有一块褐色的污迹。他看见我在看账簿,就赶紧合上,为他的客户们守住秘密。

"谁在那儿?是谁啊,杰克?"从厨房里传来一个声音。

这正是你所能想象到的一个年迈将死的老妇发出的声音,尖利、嘶哑又聒噪。

"杰克,我要死了。"那个声音呻吟着。我从茶叶箱上跳起来,杰克一只手按在我的肩膀上,又让我坐了下去。

"她不过是好奇谁在这儿。"他都懒得低声说出这话。

"看见你真是令人激动。"他笑容满面地看着我。笑容将他的嘴唇上下分开,我看见他口中仅存的那三颗牙齿,像三根弯弯曲曲的褐色钉子。我想这几颗牙一定已经松动了。

"令人激动。"我暗自嘀咕,心想他会不会认为戈德史密斯的诗也是令人激动的。

"杰克,我要死了。"那个声音又说话了,杰克恼火地咒骂了一声,然后跑进厨房。我跟着他进去了。

"我的上帝啊,你烧着了。"他喊叫起来。厨房里传出一股东西烧着的气味。

"烧着了。"她喃喃地说,像个婴儿似的看着杰克。

"气死人了,把鞋从灰里拿出来。"杰克说。她把自己的黑帆布鞋尖塞到炉格下面的灰烬里了。

这是一个佝偻着的苍老妇人,穿着一身黑色的衣服,在摇椅里弓着身子蜷成一团小小的黑影。炉火已经熄灭了,只剩下煤烬,但中间还红着,煤灰看着有一星期没清理了。厨房挺大的,冷风穿堂吹着。

"喝口牛奶。"她说。我确定她已经奄奄一息,她的眼睛里有种绝望、垂死的神情。我往桌上放着的杯子里挨个看过去,看哪个里面有牛奶。我看到有两个杯子底上有一点牛奶,但是都已经有酸气了。

"在那儿。"杰克说,同时指向墙边一条长凳上的一罐新鲜牛奶。老妇剧烈地咳嗽起来,杰克撑着她的肩膀让她坐起来。长凳上有几只母鸡正从一个滤水盆里啄包菜吃。我一靠近,它们就飞下来,跑到楼梯的最下面去了。牛奶是新鲜的、浅黄色的,上面漂浮着一些灰尘。

"有灰尘。"我说。

"橱柜上有纱布。"他指了指。我用那块发黄的、有股馊味的干硬棉纱布条过滤了一点牛奶。他把杯子凑到老妇的嘴边。

"我不想喝。"她说。我真想抓着她使劲摇几下。这一阵折腾完,她又说想吃糖。

"吃颗糖,止止咳。"她说,说话之间大口喘着气。杰克从墙上放盐的洞里掏出几片糖衣含片,擦了擦上面的灰尘,往她嘴唇间塞了两片。她像个孩子一样吮吸起来。然后她看着我,示意我过去。

她身旁的壁炉台上点着一支蜡烛,尽管快要烧完了,灯芯上仍然跃起最后一团高挑的火苗。我可以清楚地看到她的脸。她脸上的皮肤像羊皮纸一样敷在衰老的骨头上面,瘦骨嶙峋的双手和手腕像煮过的棕褐色鸡骨。她的指关节因为风湿而弯曲变形,眼睛里几乎看不到什么生命的气息。我不想看她。看着她就是在看着死亡。

"我必须走了,杰克。"我急忙说。我快要窒息了。

"先别走,凯瑟琳。"杰克说着,让她背靠着椅子躺下，在她的头后面放了一个靠垫，这样椅子就不会硌着她的头了。她的头发全白了，稀稀疏疏的，像婴儿的头发。我走开时，她的脸上带着微笑。

出来在商店里，杰克给我倒了一杯覆盆子汁，我祝他圣诞节快乐。

"谢谢你给我写信。"我说。

"你领会了这些信的全部含义吗？"他问我的时候眉毛向上扬起，额头上裂出一道道忧虑的皱纹。

"什么含义？"我问了个愚蠢的问题，非常非常愚蠢。

"凯瑟琳，"他深吸一口气，抓住我的手，"凯瑟琳，当时机成熟，我希望能娶你为妻。"红色的果汁瞬间在我的喉咙里凝成了冰。

我设法脱了身。我那时面临一个危险，那两片干裂、发白的嘴唇会奋力吻向我的嘴唇。我把杯子放在柜台上说："我父亲在外面等着，杰克，我得赶紧走了。"于是我就往出跑，关门时咔嗒一响的小插销弹到了杰克的脸上，那张脸因一团模糊、幸福的微笑而变了样。我想他一定是觉得自己已经取得了成功。

跑出门廊的时候，我被一只狗绊倒了，狗转身叫了一声，像是要咬我，但它最终并没有咬。

"圣诞快乐！"我心怀感激地对狗说，然后沿着街道向山下走去。一辆小汽车正沿着山路开上来，朝我开了过来。车灯照得我什么都看不见。车在快开到山顶的时候减速了，原来是绅士先生的车。

"你要去哪儿吗？"我问。

"对，我过来加油。"他说。这是句谎言。我坐在他旁边，他给我暖手。我把手套放进外套口袋里。

"要不要去利默里克吃饭？"他问。他的语气是试探性的，似乎预料到了要被拒绝。

"我去不成了，要回家打牌的，说好了，我父亲也要过来。"他叹了口气，但也无可奈何。这时他才注意到我在瑟瑟发抖。

"凯瑟琳，出什么事了？"他问。我跟他说了杰克的事情，老太太的鞋子慢慢烧没了，牛奶酸了，脏碟子里的蜡烛烧完了，所有东西都有股霉味。我还跟他说了杰克向我求婚的事，我说这事多蠢啊。

"太奇怪了。"他笑着说。

请再多一点感情吧，绅士先生。我在心里央求他。

"得走了。"他说，然后在面包店那条巷子里掉了头。我在他身边却感受到了孤独，因为他没有理解我讲给他听的那些事情。

他把我放在大门口，说要回家睡觉去了。

"这么早？"我问。

"是的，昨晚没睡好，时睡时醒的。"

"为什么？"

"你知道为什么。"他的声音抚慰了我，我下车时，他几乎都要流泪了。我轻轻关上车门,他不得不重新打开再关好。

我一进客厅就知道有什么不对劲。莫莉和玛莎已经装饰好圣诞树,把它立在大厅衣帽架旁边的一个红色木桶里。圣诞树很漂亮,水晶冰锥颤悠悠地悬挂在树上,橙色的蜡烛从绿色松针上竖了起来。但是,一定有哪里不对。

"凯瑟琳。"玛莎把我叫到房间里。

"凯瑟琳,你父亲没来。"这话如同晴天霹雳。

"为什么?"我问,并没有想到仍然是过去那个原因。

"他走了,凯瑟琳,去喝酒了。半个小时前,他在利默里克的一个酒店里五镑五镑地送出去不少钱。"我在她的椅子扶手上坐下,摩挲着外套的扣子,感觉到快乐正从我体内被抽空。

正在吹气球的莫莉停了一下,告诉了我一些事情。

"他天刚黑那会儿来找你了,说真是怪了,你不去看自己的父亲,倒是坐着大人物的车跑了。"莫莉平静地说。绅士先生是大人物,因为他从来都不在本地的小酒馆喝酒,还因为来拜访他的人要么来自都柏林,要么是外国人。他们来这里和他一起度过夏天。有一次一个纽约的大法官来拜访他,这件事还上了我们当地的报纸。

芭芭手里拿着扑克牌,无聊地抛接着玩。我们还是按之前的安排继续玩牌。他们都非常照顾我,芭芭让我赢，其实我在玩牌方面就是个傻子。过了一会儿，莫莉把圣诞树抱进来放在钢琴旁边。冰锥掉了一些，她又捡起来重新挂上。

那个圣诞节和之前的所有圣诞节一样，是在等待中度过的，等待着最坏的事情发生，唯一不同的是，待在布伦南家，我是安全的。但是，我在精神上却从来没有一刻是安全的。我一开始想事情，就会陷入恐惧。因此，我每天都要去谁家转转，而且一次都没有走到路上去看一眼自己家的房子。德克兰告诉我窗户上挂上了木板百叶窗，也不知道狐狸进了鸡舍后，发现里面一只鸡都没有时会怎么想。牛眼常常跑来找吃的，它第一天看到我的时候，嗅着我的衣服，呜呜地叫着。

在这个平安夜晚些时候，绅士先生来了，其他人这时都没在家。莫莉在午夜弥撒开始前两小时就早早地去教堂占座位了，布伦南一家人去利默里克买红酒，再置办些做圣诞大餐所需的东西。火鸡已经处理好，圣诞礼物盒也用漂亮的包装纸包好摆在圣诞树下。米黄色的地毯上落了不少松针，我把它们捡起来，就在这时，他按响了门铃。我猜到了是他。他进来后，在前厅里吻了我，然后给了我一个小包裹。这是一块小小的金表，带着一根镂空的金链。

"它在走呢。"我把表放到耳边。这块表这么小巧，我一开始还想着它是不是玩具。他正要再次吻我时，我们听到了车声,他马上从我身边退后一步,像犯了罪一样。

"凯瑟琳,我们一定要非常小心。"他说。车开过大门没停。

"不是他们。"我说,走近他,谢谢他送给我这么漂亮的礼物。

"我爱你。"他轻声说。

"我爱你。"我说。我希望能用别的方式说出这几个字,用别的更独特的方式。

他搂我的方式让我的脖子很难受,即便这样,我仍然喜欢。从那时起,我知道了他皮肤的味道,知道了他胳膊的力量,它们那样包裹着我。

"我们一定要非常小心。"他再次说。

"我们很小心。"我说。两天没有见到他,我感觉像隔了一生的时间。

"我不能经常来见你。真的很难。"他最后一个词说得那么艰涩。他不愿意说出来。我摇了摇头。我也对那位皮肤黝黑的高个子女人心怀愧疚,她一辈子都生活在那幢树木掩映的白色石头房子里面,完全活在自己的世界里。平日里谁都见不到她,只在星期天她才露一面,在教堂后面的座椅旁跪着。她总是在最后一篇福音书开始之前就开着绅士先生的车匆匆离开。我佩服她的坚强,也感到很困惑,她为什么从来都不肯花一点点心思让自己好看一点呢。永远都是粗花呢衣服、平底系带鞋子和宽边男式帽子。

"我能给你写信吗?"我问。他吻了我的耳后,这个地方让我一阵战栗。

"不行。"他坚决地说。

"我还能再见到你吗?"我问。我的声音比我本想表达的更为悲哀。

"当然可以。"他不耐烦地说。第一次见他这么烦躁,我皱起了眉头。他立刻表示抱歉。

"当然可以,当然可以,我的小宝贝;以后,等你去了都柏林。"他轻轻抚摸着我的头发,充满渴望地望向遥远的未来。

他撩起我的袖子,把表戴到了我手腕上。我们走进去一起坐在炉火边,直到听见车开近的声音。我坐在他腿上,他解开大衣,衣服下摆拖在了地板上。

"我该说是从哪儿得到的这块表?"我从他腿上跳下来,问他。车已经开进前门的车道了。

"不要说,把它收好。"他说。

"我做不到,这太残忍了。"

"凯瑟琳,上楼去放在什么地方。"他对我说。他点了支雪茄,听见前门打开的声音,尽量表现得自然一些。芭芭第一个跑进来,怀里抱着一堆包裹。

"你好,芭芭,我是来祝你圣诞快乐的。"他撒了个谎,从芭芭手上接过几个包裹,放在了大厅的桌子上。

我把表放进一个陶瓷肥皂盒。表很漂亮地蜷在肥皂盒里，看起来仿佛要进入甜美的梦境一样。表是浅金色的，那是飞蛾翅上的金粉的颜色。

等我回到楼下时，绅士先生已经在和布伦南先生聊天了。之后一整晚，他都没再理我。芭芭把一枝槲寄生伸到他头顶上方，他就按照圣诞风俗吻了吻她。玛莎打开留声机，里面唱着《平安夜》。我想起了那个夜晚，雪花落在挡风玻璃上，他把车停在了山楂树下。我试图迎上他的目光，但他直到临走那一刻才看了我一眼，那一眼充满悲伤。

接下来，我们返校的日子很快就到了。我们再次拿出校服裙和黑色长筒棉袜。

"我本该洗洗校服，全是污渍。"我对芭芭说。

芭芭正趴在窗前看菜园，一边看一边哭。这是一年中菜园里没有丝毫生气的时候。园子里翻出的泥土潮湿、悲惨，看上去一片荒芜，没有一点还能长出任何东西的迹象。园子的一个角落里有一丛绣球花，枯萎的花朵看起来像一把把旧拖把。灌木附近有一堆垃圾，莫莉刚把空瓶子和圣诞树都扔到了那儿。外面风雨交加，天空一片阴沉。

"我们要逃走。"她说。

"什么时候？现在？"

"现在?！不是！是从该死的修道院逃走。"

"他们会杀了我们。"

"他们找不到我们。我们跟着流动剧团走,去当演员,我能唱能演,你可以检票。"

"我也想演戏。"我不服气地说。

"行吧,我们打个广告:'两位女性表演爱好者,其中一个会唱歌。两个都有中学学历。'"

"可我们不是女人,是女孩。"

"我们可以冒充女人。"

"我觉得不大行。"

"哎呀,我的天,不要这么扫兴好吗。要是在那个监牢里再待五年,我就要自杀了!"

"也不是太糟糕的。"我努力让她别那么难过。

"对你来说当然不太糟糕,又奖了塑像,又会巴结修女,我都要吐了。修女一来,马上跳起来给她们又是开门又是关门,好像她们个个都脑瘫了,自己做不了一样。"她说的是事实,我的确讨好修女们了,让她发现了,真是讨厌。

"那好吧,你自己逃吧。"我说。

"哎呀,不行。"她绝望地抓住我的手腕说,"我们要一起走。"我点了点头。知道她还需要我,我心里舒服多了。

她忽然想起还要去楼下拿东西,于是立刻往下跑。

"你去哪儿?"

"拿点诊所的样品。"

我穿上校服裙,裙子全身上下都皱巴巴的,下摆边上的裙褶也散开了。芭芭上楼了,手里拿着一卷新药棉,还有几小管药膏样品。她把药膏扔到床上,我拿起一管,上面贴了一个白色标签,印着药名,下面还有一行说明,写着"母畜乳房注射液"。

"这是干什么用的?"我问。我想起希基给那头棕黄色的奶牛挤奶时,把牛乳头提起来,牛奶滋滋地乱射,喷得卵石地面到处都是。他就喜欢闹着玩,每次我去牛棚叫他喝茶,他都要这样。

"这是干什么用的?"我又问了一遍。

"让咱们看起来更像女人。"芭芭说,"把这药抹到乳房上,乳房就会膨胀。这上面说了是给母畜乳房用的。"

"那也可能会长一身毛或有别的问题的。"我说,我是认真的。我不相信这些标签上印着大名牌的药膏,再说,这可是给奶牛用的。

"你可真是个大傻瓜。"她大声说,还哈哈大笑起来。

"我们要不要跟你父亲说一下?"我提了个建议。事实上,我并不是真的想逃走。

"跟我父亲说!他没有任何感情!他会跟我们说要学会控制。那天玛莎跟他说她的脚上有个溃疡,他让玛莎用意志的力量把它消除掉。他就是个神经病。"芭芭说,眼里喷着怒火。

"那就没有别的办法了。"我干脆地说。

"总能想到办法让他们开除我们的。"她仔细斟酌着每一个字,然后便开始考虑能实现这个目标的各种办法。

12

这计划芭芭在心里断断续续酝酿了三年。但我总给她泼冷水,提醒她我们现在还小,不能去城里闯荡。这三年没什么特别的事情发生,所以可以一笔带过。

我们考了几次试,芭芭都没通过。辛西娅离开了修道院,走的时候我们哭着说了再见,并发誓我们一辈子都是好朋友。然而几个月后,我们就不再互相写信了。是谁先停的我也记不清了。

假期总是令人愉快的。暑假的时候,绅士先生带我在海里划他的船。我们划到远离岸边的一个小岛上,在岛上用他的普赖默斯牌便携煤油炉烧水泡茶。那是一段幸福的时光,他常常吻我的手,说我是他的小雀斑女儿。

"你是我父亲吗?"我惆怅地问,和绅士先生玩这个扮演游戏很有趣。

"是的,我是你父亲。"他说。他吻遍了我的胳膊,承诺等我去了都柏林,他一定会做个体贴周到的好父亲。玛莎、芭芭,所有人都以为他带我去看莫莉姨妈了。一次，我们真的去看她了。家里来了绅士先生这样一位客人，莫莉姨妈非常激动，手忙脚乱地从会客室翻出了最好的杯子，上面蒙了层灰。她非要给绅士先生的茶里加奶油，虽然绅士先生告诉她自己喝茶不加牛奶。奶油可是贵重的奢侈品，莫莉姨妈认为她这是给了我们极大的面子。

但是，芭芭仍然一直在盘算着我们要怎样逃离修道院。一次，她躺在床上看电影杂志，突然说我们要是认识美国的什么人，就可以进演艺圈了。

到了3月，机会终于来了。我指的是逃离的机会。修道院里举行静修活动，都柏林来的神父给我们上课，命令我们保持安静，这样才能思考上帝，反思我们自己的灵魂。

静修期的第二天上午，他告诉我们下午要讲第六诫。这是最重要的讲座，也是很私密的讲座。玛格丽特嬷嬷不想让修女们在讲座期间进小教堂，因为神父会用非常坦率的语言讲到男孩、性和其他一些话题。修女们不大可能从正门进来，但不能保证不会有修女进入楼上的唱诗班席。为了防止这样的事情发生，玛格丽特嬷嬷写了一张警示牌："讲座进行中，禁止入内"。她让我把这个公告钉在楼上的门上面。她指派我去办这件事，是因为我穿着橡胶底的鞋子，上楼时不会把楼梯踏得咚咚响。我爬着橡木楼梯，既紧张，又激动。这是我第一次进那地方，走进修女们的住处，完全不知道该把这个公告钉在哪扇门上。楼梯擦得锃亮，一面白墙上挂满了大幅油画，画的是《耶稣复活》《最后的晚餐》，还有一张圆形的《圣母与圣婴》彩色油画。我期望至少能看看修女住的小房间，这样就可以告诉芭芭和别的女孩了。我们都迫切想知道这些小房间是什么样的，因为有个高年级女孩说修女们睡在木板上，另一个女孩说她们睡在棺材里。爬到二楼的楼梯平台时，我歇了一下，喘口气。弧形白色大理石圣洗池从窗台下伸出来，我把手伸到里面蘸了一下。那里摆着一个中国花瓶，一棵铁线蕨从里面伸展出来，长长的枝条垂到了楼梯平台处铺着的浅色印度地毯上。

我慢慢地再爬上一层楼梯，看见右手边有扇木门。我判断肯定就是这扇门了，于是用四颗新图钉把公告牢牢钉在门板正中间，然后退后一步看了看。公告上的字写得非常清楚，所有字母都笔画均匀。左边有条狭窄的长走廊，两边都有很多门。我估计这些就是修女的小房间了，但是我不敢走过去透过钥匙孔看一眼。我匆匆赶回小教堂，刚好赶上讲座开始。

讲座差不多要结束时，我赶紧出来，急匆匆地爬上楼梯去揭掉公告。当我爬到那儿时，发现玛格丽特嬷嬷正等着我，她看上去怒气冲冲的。

"这是你开的玩笑吗？"她问。她打开那扇门，指着里面。那是卫生间！我只能尴尬地笑了。

"对不起，嬷嬷。"我说。

"你真邪恶。"她怒不可遏，尖锐的眼神刺穿了我，嘴里喷出的唾沫星子溅到了我脸上。

"对不起，嬷嬷。"我再次道歉，心里想不知道修女们是不是整晚都被剥夺了上卫生间的权利，越想越觉得滑稽。可是我也非常害怕，浑身战栗得像一片瑟瑟发抖的树叶。

"你侮辱了教会的姐妹，败坏了学校的名声！"她说。

"我不是有意的。"我恭顺地解释。

"面对圣体站三个小时，然后去向院长嬷嬷承认错误。"

我站了三个小时，又向院长嬷嬷认了错，之后一边沿修道院的台阶往下走，一边用手背抹着眼泪，这时芭芭走过来和我说话。她拿着一张纸，写着：计划已有，咱们能被开除了。

按规矩，我们仍然要保持静默，所以必须找个地方去商量。我跟着她在学校里走了一会儿，最后爬上楼后的一段楼梯，走进一个卫生间。

她一进去就开口了，因为我们不能在那里久留。"咱们把一张写着下流话的字条留在小教堂，假装是从祈祷书里掉出来的。"她浑身都在颤抖。

"天哪，不能这么做！"我说。我也浑身颤抖——从院长嬷嬷那儿出来后就这样了。见她的情景仍历历在目：怎么敲她的门，怎么走进那间空旷、冰冷的会客室。她坐在一个讲坛上，正在看文件。她把眼镜往下一推，一双冰冷犀利的蓝眼睛盯着我。

"你就是那个害群之马了。"她说，声音很平静，但充满强烈的斥责意味。

"对不起，嬷嬷。"我说。我本该称她为"院长"，却因惊慌失措，什么都搞不清了。

"对不起，嬷嬷。"我重复了一遍。

"是吗？"她问。她的质疑在整个冰冷的房间里发出回响，高高的、装饰华美的天花板都好像在问"是吗"，壁炉上的鎏金钟好像也在嘀嗒嘀嗒地问"是吗"。房间里的所有东西似乎都在斥责我，我吓呆了。这是个让人极不自在的房间，我怀疑是否真的有人坐在那张由四根粗壮的桌腿撑着的硕大椭圆形桌子前喝过茶。我等着她正式开始，但她什么都没再说。我意识到这场训话已经结束了。我羞愧万分地退出房间，在身后拉上门，尽量不弄出一丝一毫的响动。关门时我瞥见她在看着我。

"我们不能这么做，"我对芭芭说，"想想这会惹多少麻烦。"我只想平安度日。

"不过到底是什么办法？"我问。

"是这样。"她凑到我耳边悄悄告诉了我。这事就连芭芭都不好意思大声说出来。

"主啊！"我一把掩住嘴巴，免得自己把她的话重复一遍。

"没有什么'主啊'的，就三四天的地狱日子，然后我们就能走了。自由了！"

"家里人会杀了我们的。"

"不会的。玛莎不会在意，你家老头很可能在忙着喝酒，我家老头爱说什么就说什么吧。"

她从口袋里掏出一支笔和一张好看的天蓝色圣像，上面的圣母玛利亚从云中出来，蓝色斗篷在身后迎风展开。

"你写吧。"我说。

"我们两个的名字都写上。"她说着跪在地上，趴在马桶盖上用正体大写字母开始写。我那时羞愧极了，直到现在都羞于想起。至于写了什么，我觉得你们肯定不想听到。不管怎样，最后我俩都在上面签了名。

尽管我闭上了眼睛，也努力不去想上面写的那句话，但它一直在我耳边一遍遍地重复着，同时我也为玛丽修女感到羞耻，她是我最喜欢的修女。这句话牵扯到了玛丽修女和托马斯神父。

托马斯神父是特遣神父，玛丽修女负责布置圣坛和做弥撒。她很漂亮，面色红润，总是笑眯眯的，好像知晓什么别人不知道的人生秘密。她的笑容不是扬扬自得，而是一种迷醉。芭芭正在写的时候，门把手从外面转动起来。转动了两三次,每次都很不耐烦。

"说不定是她。"我急喘着气低声说。芭芭打开门,红着脸往出走。门口站着的是一个低年级女孩。看见我俩时,她在胸口画了个十字,匆匆走进了卫生间。天知道她是怎么想的,不过第二天我们闹出了那不光彩的事之后,她跟每个人都说我和芭芭那天是一起从卫生间出来的。

那天傍晚,一看到玛格丽特嬷嬷走进书房,我的双腿和膝盖就开始发抖,我能感觉到她冷酷的眼睛在盯着我。

为了躲开她,那天我早早就去睡觉了。静修期间,十点之前我们随时可以去睡觉。我上去时寝室里没有一个人,一片死一样的沉寂。我正在叠床罩,听见有人突然跑上楼梯。

"我的天,凯特,你在哪儿?"芭芭喊着跑进来。

"嘘——嘘!"我说,因为玛格丽特嬷嬷很可能正躲在一边窥探。

"她去精神病院了。"芭芭说。她两眼放光,激动得说不出话来。

"被发现了吗?"我问。

"发现!现在全校都知道了!在休闲厅的时候,哭丧包佩吉·达西把字条交给了玛格丽特嬷嬷,玛格丽特可不就以为那是祈祷词嘛,就读出来了,还可大声了。"我感觉到一股热浪从脖子处往上冲,双手直冒汗。

"想想,"芭芭说,"她读了出来,'汤姆神父把他那个长东西',等她反应过来,嘴巴都气紫了。她在休闲厅乱转,还拿带子抽了那几个女孩几下,直喊:'她们在哪儿?她们在哪儿?这些魔鬼的种!'"那场景的每一秒都让芭芭感觉很爽。

"继续。"我求她快说。

"她手里拿着那张圣像,跟前的女孩见谁打谁。天哪,我赶紧跑到更衣室藏到了柜子里。所有女孩都哭呀喊呀的,其实年龄小的女孩有一半都不知道那是什么意思;后来她都神经错乱了,级长只好叫来另一个修女,大家一起把她抬出去了。"

"现在我们该怎么办?"我问。要是我们能赶快逃走就好了,离开这个地方。

"她们正在找我们,所以拜托,不要发抖,不要崩溃,一定要坚持住。就说这只是我们从什么地方听来的一个笑话。"芭芭警告我。这时级长走进寝室,叫我俩出去。

我们经过她身边时,她后退一步紧靠住墙,现在,我俩是肮脏的、令人恶心的,没有人愿意和我们说话。走到过道里,女孩们看我们的眼神,就像我们得了什么可怕的疾病,就连那些偷过人家手表和其他东西的女孩都向我们投来居高临下的憎恶眼神。

院长嬷嬷在接待室等着我们。她肩上搭着一条披肩,脸色死一样苍白。

"我希望能让你们马上离开。"她说。我正想尽力承认错误,她却专门对着我说话了。

"你的思想竟如此下流。无法想象你怎么能隐藏好几年都没被发现。可怜的玛格丽特嬷嬷,这是她宗教生涯中遭受过的最严重打击。今天下午,你的行为已经让人感到厌恶了,而现在,你的所作所为更是令人发指。"她的声音一直在颤抖,之前的沉着冷静荡然无存。她是真生气了。我哭了起来,芭芭在我腰上戳了一下,让我闭嘴。

"我们可以解释的。"我对院长嬷嬷说。

"我已经通知了你们的家长;你们明天就走。"她对我们说。

那天晚上,我们被关在医务室两间单独的病房里。那是我长那么大度过的最漫长的夜晚,而且想到第二天就要回家,我更是充满恐惧。整晚都能听见一只老鼠在嚓嚓地啃着护墙板,我蜷着双脚,一夜没睡,想着用什么办法能结束自己的生命。

我们是第二天下午离开的,没有人和我们告别。

"念《玫瑰经》。"坐在租来的车后排上,芭芭对我说。司机是个陌生人,这一趟旅程一定令他很难忘,一路听我们不是在祈祷,就是在预测,一直都没停。他就住在修道院所在的镇上，车是院长嬷嬷雇来的。我们不光彩的事情已经先于我们传回了家。

我们下车时，布伦南家前院草坪上有个人正在割草。这人叫查理，他朝我们点点头，但手里没停下来。割草机看上去似乎要挣脱他而去。这是个寒冷而晴朗的日子，杜鹃花丛下，番红花正盛开着。黄赭色的番红花。风吹进花丛里，花瓣在草坪上落了一地，看起来像一片片皱纹纸被扔到了地上。还有报春花。一丛报春花环绕着一棵梧桐树根开放着。树砍掉了，因为担心大风会把树刮倒压了房顶。布伦南先生围着树根种了一圈常春藤，用藤蔓遮住丑陋的褐色树桩。现在那里还长出了迎春花，欢乐的小小迎春花从藤蔓的缝隙里探了出来。我已经看了迎春花十七年，以前从来没有发现它们的叶子这么苍老，皱皱巴巴的，还长着一层茸毛。我就这样盯着这些花看着。麻烦事就要发生时，我总会盯着什么东西看，比如一棵树、一朵花，或者一只旧鞋子，这样能避免心跳得过于剧烈。

"拜托，进门啊。"芭芭说。她跟在我后面，拖着大行李箱走在水泥路上。芭芭用箱子撞了一下我的腿，我敲了敲门。莫莉让我们进了屋，她看着有点冷漠，一定是他们说了不要给我们好脸色。

布伦南先生、玛莎和我父亲都在早餐房，我没有直视他们任何一个人的眼睛，但能看出来玛莎很不自在。

她拿着一块手帕,手帕在抖动。

"干得好啊,你这个小臭——"父亲说着,朝我走了过来,想找到一个足够坏的词来形容我。他举起一只手,像是要打我。

"我讨厌你!"我一下子激动起来。

"你这张臭嘴!"他狠狠扇了我一巴掌。我倒在地上,头撞到了瓷器柜的棱,柜子里的杯子哗啦啦一阵响。这一掌打得我脸上火辣辣地疼。

布伦南先生从屋子那头冲了过来,撸起袖子。

"你不要动她!"他说,但父亲又朝我举起了拳头。

"拿开你的手!"布伦南先生大吼着,用力把父亲往一边推。我站起来,一步一步挪到了玛莎身边。

"我想拿她怎样就怎样。"父亲还在恐吓我。他已经怒不可遏了,我看到他在恨恨地咬着假牙。他想抓住我,但布伦南先生抓着他的肩膀,把他往门外推。

"你给我滚出去。"布伦南先生说。

"你不能这样对我。"父亲抗议。

"不能,是吧!"布伦南先生说着,抓起父亲的棕色帽子歪扣到了他脑袋上。

"告诉你,这事没完!"父亲说,但布伦南先生将他一把推了出去,冲着他的脸重重地摔上了门。我们听见父亲在外厅里骂骂咧咧,用拳头砸着早餐房的门,布伦南先生把门从里面反锁了。

"回你家去，布雷迪。"布伦南先生说。过了一会儿，我听见他出了外厅的门。我自然哭了起来，玛莎和芭芭吓得脸色煞白。

令我们恐惧的回家这件事就这样结束了。这一番闹腾与我和芭芭无关，与我们写的那张可怕字条也无关，反成了布伦南先生和我父亲之间的一出闹剧。从那时起，我知道了布伦南先生讨厌我父亲，而且一直以来都讨厌他。

"坐下。"布伦南先生对我和芭芭说。我们坐在沙发上，向玛莎投去乞求的眼神。

"孩子妈，要不要来点茶？"布伦南先生对玛莎说，她微微笑了一下。至少他还是理智的。

"你好，我还没来得及和你打招呼。"玛莎经过我的椅子时对我说。然后，她温柔地摸了摸芭芭的头发。

"嗯，那么——"玛莎出去后布伦南先生说。

"我们讨厌那地方，我们讨厌那地方，我们想回家。"我对他说。芭芭自从进门就一言不发。她垂着头，双手握着，像是在祈祷。她是打定主意不帮着一起说了。

"非常抱歉，我们真的讨厌那地方。"我说，然后重复了一遍，"我们想回家。"他微微笑了一下，摇了摇头，看上去是被触动了。我们那样做不过是因为太孤独了，对他而言，这似乎是正当的，也是合理的。

"可是为什么不早点告诉我？"他问。我正在想该怎么回答,电话铃响了。他必须马上动身到山上去,有头母猪快要死了。我们留在屋子里和玛莎说话、喝茶。

傍晚,我在前屋的沙发上坐着,布伦南先生回来了。他进来和我说话。这时是黄昏时分,我们看到一道银色的暮光闪烁在餐具柜上,房间里能闻到风信子的味道。

"德克兰在学校表现不错。"他说。我很清楚他在想什么。

"对不起,布伦南先生,我真的非常抱歉。"

"凯瑟琳,你要知道,这件事太遗憾了。你在学习上那么聪明,本来能走得很远的。为什么要这样毁了自己的前途?"他握着我的手问。

"您别问我了。"我说。

"我知道是为什么。"他说。他的声音很平静,他的手绵软而温暖。他是个温柔善良的人。

"可怜的凯瑟琳,你从来都是芭芭的工具。"

"我喜欢芭芭,布伦南先生。芭芭那么有趣,而且她也没有恶意。"这是事实。

"唉,人要是能选择自己的孩子就好了。"他悲伤地说。我的喉咙里突然堵了一团东西,我一下子就明白了他想表达的所有东西。我感觉,对他而言,生活里的一切都令他失望。这些年来,他夜里开过那些崎岖的路,打着灯笼穿过田野去四面透风的棚子里检查那些病兽,这一切都没有意义。无论是在他妻子那里,还是在孩子那里，布伦南先生都没有找到幸福。我突然想到，他或许会想要妈妈那样的妻子、我这样的女儿。我感觉到他确实是这么想的。

门轻轻敲响了一下。布伦南先生说"进来"。是我父亲。想必是玛莎告诉他我们在客厅里。

"晚上好啊！"父亲欢快地说，就像什么难堪的事都不曾发生过一样。"晚上可太好了！"布伦南先生开了灯。我们上次回家时电就接通了。温暖的灯光在壁炉上投下一片影子。这是一盏白陶瓷灯，罩着一个白色陶瓷灯罩。纯洁而迷人，像孩子们初领圣体仪式①上戴的面纱。这是布伦南先生用一盏老式油灯改造而成的电灯。

"你不会往心里去的，不管我喊也好，叫也好，不出三分钟就没事了。"父亲对我们俩说。布伦南先生说："好，我们忘了这事吧。"我什么都没说。父亲坐了下来，从外衣口袋里掏出两镑钱。

"给。"他说着把钱扔到了我腿上，我说谢谢。他们说着话，我黯然地坐在一边。但他们的天聊得非常僵硬，现在他俩都很讨厌对方。

陶瓷灯后面放着一张明信片，上面印着一个舞女，

---

① 初领圣体是每个信奉天主教的儿童一生中最重要的仪式之一，通常在7至10岁时举行。在仪式上，儿童身穿象征着纯洁的白衣或白裙，女孩一般头戴白纱，初次领受代表着基督的圣体和圣血的面饼（面包）和葡萄酒。

一个西班牙舞女,她穿着一条长长的红色蓬蓬裙和一件白色带蓬蓬袖的上衣。我过去把明信片拿起来。后面是绅士先生的笔迹,写着:祝你们所有人一切顺利!邮票是外国的。我跑出了屋子。

"莫莉,莫莉!"我喊着。莫莉在楼上收拾着准备出门,她现在交了个男朋友。

"上来。"她说。我上了楼,把头探进她的房间门,她正在一个热气腾腾的盆里洗着脚。

"我长鸡眼了,走路都瘸了。"莫莉说。她的房间很小,地上铺着油毡。

"莫莉,绅士先生去哪儿了?"我问。我等不及假装漫不经心地将谈话引到这个话题上,尽管我本来想这样做。

"去晒太阳了。"她说。我的心脏停止了跳动。

"为什么?"

"绅士先生的太太神经衰弱了,他们就坐船去地中海了。"一瞬间,我又是生气,又是嫉妒,又是愧疚。不过,至少他不在这里,不会听到我们干的这丢脸的事。因为他向来都是文质彬彬的,一定会对我们的所作所为感到大为震惊。

13

我仍然可以转到另一所修道院继续上学,因为奖学金还在有效期内。但是布伦南先生要送芭芭去都柏林学商务,我说我也要去都柏林。我向父亲承诺,以后会参加考试进入公务部门工作,但就目前而言,我会先去一家杂货店上班。

我给报纸上刊登的一则广告写了信,找了份在杂货店当售货员的工作,在一个叫托马斯·伯恩斯的人的店里打工。杰克·霍兰给我写了一封充满溢美之词的推荐信,信上说我在他店里做过学徒。推荐信里堆砌着各种形容词和华丽辞藻,他在上面的签名是"杰克·霍兰,作者及酒水商人"。

"当然了,凯瑟琳,如果你改了主意……这是女士的特权。"他舔了舔牛皮纸商务信封,握起拳头压着信封把它封好。

"谢谢你,杰克,"我说,"我会考虑的。"这是句谎话,不过能让他高兴。他母亲仍然吊着最后一口气,护士每星期来两次,给她清洗身子。杰克走过去,打开收银柜台的木抽屉,抽屉很难拉,拉到一半就卡死了。他把手伸到最里面放钱的地方,拿出一镑,将它折成一个小方块。

"请过目。"他说着,把钱塞进我的上衣,小方块的一个角扎到了我的皮肤,但我很感激他。作为回报,我让他握了三四次手,还让他摸了摸头发。他的动作非常笨拙。

出了杰克的店,我去了奥布莱恩织物店,买了些准备用来做一件上衣和一条背心裙的布料,之后去了那条街上的裁缝店。裁缝走到门口,牙齿间咬着一簇别针,裙子上沾满了白线头。"进来吧。"她说。她正准备吃午饭。窗台上有三盆天竺葵正含苞待放。两盆是火红色的,另一盆是白色的。叶子让厨房里飘着一种舒服的温室气息。

"让花长长。"她说着把早餐喝剩的茶叶倒进了花盆里。她把茶壶涮了一下,泡了一壶新茶。

"这个时候,你怎么没去上学呢?"她话里透着热乎劲儿。她一个人住,是镇上的八卦人物。哪个未婚女孩有麻烦了她都知道,甚至比人家本人知道得都要早。不管是什么事、什么人,只要是太阳底下的事情,她和神父家的管家都要聊上几句。

"修道院里有瘟疫了。"我说。我和芭芭约定要统一口径。我们的家长也不想让别人知道我们被开除的事。

"太可怕了,现在还很严重吗?怪了,山里琼斯家的小女儿怎么没回家。"

"嗯,山里的女孩染不上这种瘟疫。"我说。她白了我一眼。她自己就是从山里来的,现在每隔一星期还要在周末骑车去看她父亲。她常在自行车后座上挂一个帆布袋子,里面装几瓶水果罐头,还有一罐小牛蹄肉冻。

"来一点。"她说着递给我一杯茶,一块店里买的海绵蛋糕,然后给我量了尺寸。

"你有小肚子。"她说,想在我这里讨回点面子。我把明信片给她看,让她按照明信片上的上衣做件一模一样的。她翻过来看后面写的字。

"绅士先生一家人走得真是突然。"她说。

"是吗?"我问。她把我的尺寸记在笔记本上,我很快就离开了。她没出来送我,看来是生我的气了。她还指望我能聊聊绅士先生一家人的事。希望她心里别怨恨我,把我那两块布料给毁了。

这是我们这个地方一年里晴朗又多风的季节。强劲而舒适的风吹着,云朵愉快地在天上掠过。天气晴朗,空气清爽,风呼呼地吹着,我很高兴自己能活着。风是迎面吹来的,我只好推着自行车走上山。我把自行车停在布伦南家的大门内,步行去看自己家的房子。那里现在住的是法国修女,只有五六个人,还有一个老师负责管理这些初学修女。年轻修女们从利默里克的仁爱修会来到我家宽敞、幽静的田园村舍里度过她们的灵修年。

原来的大门已经废弃不用了,周围长满了荨麻草。修女们新修了一扇大门,用的是水泥门墩,水泥墙从两边的门墩上拱出来。进门的大道变了样,从前大道上杂草丛生,石块松动,满是车辙,现在铺上了柏油,用压路机压得平平整整的,方便行走。房子周围的树被砍掉了一些,原先饱经风霜的白色外厅门刷上了柔和的绿色。窗帘自然也是换了的,希基的蜂巢也不见了。

"嬷嬷在等你。"给我开门的小修女说。

她踩着外厅的地毯无声无息地离开了。我们曾经的早餐房现在看起来全然陌生。我觉得自己从未到过这个地方。曾经放着古董架的角落,现在放着一张写字台,还添了一个红木壁炉。

"欢迎你。"嬷嬷说。她是法国人,看上去没有我上的那个修道院里的修女一半严厉。她按铃叫来了那个小修女,让她给我拿些小点心。她端来一杯牛奶,一片自己烤的蛋糕,上面点缀着去皮杏仁。在她的注视下,我都不会咀嚼了,我暗暗希望不要发出一点吃东西的声音。

"你打算干什么呢?"她问。

杂货店学徒,我想这么说,不过我的回答是:"父亲还没有决定。"这样回答显得特别不知好歹,因为莫莉告诉我,修道院院长在我父亲喝得烂醉如泥时帮了他。父亲卧床时，她用保温瓶给他带过几次牛肉汤，还送了他袖珍祈祷书，让他诵读。她从口袋里掏出一枚蓝色小勋章，然后递给了我。那天晚上，我把小勋章别到内衣背心上，此后便一直戴着。绅士先生看到后笑话我，不过那是几个月之后的事了。

"也许你想看一看厨房？"她问，于是我跟着她去了厨房。墙上做了一排白色柜子，木头炉灶换成了无烟煤炉。外面的菜园子里，六七个年轻修女一个一个地低头走着，似乎正在冥思。我还等着听牛眼在石板地上追着母鸡跑的声音，然而自然是没有母鸡可追了。这次拜访让我比预想中还要难过，我原以为自己已经忘却的事情不断浮现。希基那样灵巧地安装了捕鼠夹，将它放在了楼梯下。秋天里苹果酱散发着甜丝丝的味道。天花板上悬下来的粘蝇纸上粘满了黑苍蝇。一块块火腿被挂起来，等着熏烤。窗台上放着沾了蛋黄的烹饪书。这些琐事一件件涌入我的记忆。我沿着车道走着，无比悲伤。

快走到门房时，我想是不是应该进去看看父亲。我抬起门闩，但门是锁着的。我如释重负，正要走出大门时，却听到他在后面喊："是谁？"

他开了门，正在把裤子的背带往肩上拉。他脚上没穿鞋。

"哦，我躺了一小时。老毛病，头疼。"

"那再回床上躺着吧。"我说，心里祈祷他会再回床上去。

"没事，进来吧。"他在我身后关上了门。厨房很小，一股烟味，小小的白色蕾丝半截窗帘成了烟灰色。桌上放着三个搪瓷杯子，每个里面都有一些茶叶。

"喝杯茶吧。"他说。

"好的。"我从地上的桶里倒了一壶水，倒的时候不免溅出来一些。做事的时候，只要有人看着我，我就总是笨手笨脚的。他坐了下去，穿上了袜子。他的脚指甲该剪了。

"你刚去哪儿了？"他问。

"回家里了。"那里一直都会是家。

"见谁了？"

我告诉了他。

"她有没有问起我？"

"没。"

"我和她是最好的朋友。"

"她们把房子收拾得很不错。"我说，想让他因此而感到愧疚。

"乡下最漂亮的房子。"他说。"我一点都不想它。"他又说。这时我想到了沉在湖底的妈妈，想到她要是听到他这么说会多么愤怒。

"不管怎么说，房子是被抢走的。"他挠着额头说。

听听，又来了。我心想。

"怎么抢走的?"我不客气地问。

"嗯,抢走的,你知道吧,我从叔祖父手上继承这房子的时候,他们就说在我手里不能长久。他们这不就想方设法从我手里抢走了。"

所以,这就是他的那一套说辞。对所有陌生人,对所有在夏天路过的人,他都会挠着额头、指着那幢大房子告诉他们,那是从他手上抢走的。我想起妈妈,看见她悲哀地摇着头。和他待在一起的时候,我总是想起妈妈。

水壶里的水开了,水在壶嘴边噗噗地沸腾着。我四处找茶壶。

"茶壶呢?"

"哦,杯子最好用了。泡茶特别好。"他叫我把杯子里的茶叶倒掉,告诉我每个杯子里应该放多少茶叶。然后我给每个杯子都倒上开水,放在红炭上泡着。我给他的杯子里加了糖和牛奶,但不敢搅动,怕把杯底的茶叶都搅动起来。我的那杯看着像煮开的草皮水。

"看我泡的这杯茶是不是绝了。"他说。是我泡的,我心想。

"不错。"我回答。我为什么这么吞吞吐吐的呢?我没法让自己对他有多少好感。

"咱们这儿最好喝的茶。去年康纳家的姑娘们到这儿采蘑菇,进来躲雨,我给她们泡了这样的茶。她们都说从来没喝过这种茶。"我微微笑着,尽量让自己显得平和一些。

"牛眼呢?"

"死了。毒死了。"用不了多久,我过去的生活中就再也没有什么美好的东西能留下来了。

"怎么毒死的?"

"他们给狐狸下的马钱子碱让牛眼给吃了。"

"你应该给牛眼争个公道的。"我说,很生气。

"争公道!我是去争的人吗?我这辈子可从来都不会给别人添麻烦。"我绝望了,竭力想再说点什么。快说吧!

"有希基的消息吗?"我问。我已经有两个圣诞节没有收到他的来信了。梅茜说他订了婚,但我们一直没听说他是不是结了婚。

"那个家伙?我从没信任过他。他在这儿的日子过得太舒坦了,和别人一样,占尽了我的便宜。"我努力往杯底的那一撮茶叶看,想预测我的未来。我期待着浪漫的爱情,想着下星期就会在都柏林了,要摆脱所有这一切了。他紧张地咳了一下,要说什么重要的事情了。我开始发抖。

"现在要给你叮嘱几句了,女士,我不想让你变成一个自命不凡的人。"他从柜子里取出假牙戴上。这样感觉更好?也许显得更重要?

"在都柏林要注意自己的言行。要体面,要注意守信,记得给你父亲写信。你成现在这个样子,我真是一点都不喜欢。一点都不。"

互相地,毫无疑问是互相地,我心里想,但没有说出口。我害怕挨打,而且我只想快点离开这个烟熏火燎的厨房。我的眼睛生疼,该死的烟熏得我直咳嗽。

"我会注意的。"我说,往四下看哪儿有钟;我听到了嘀嗒的声音,但没有看到钟。钟在壁炉上,钟面朝下扣着。我把它扶正,跟他说我很抱歉,但必须走了,下午茶在五点半。

"我把你送到路口。"他说着,开始穿靴子。从屋子里出来后就好了;四周有很多人,我不再害怕了。

我进门时莫莉正在给外厅的地板打蜡。屋里静悄悄的。

"玛莎呢?"

"教堂吧,我猜。"莫莉说。

"教堂?"玛莎向来都对宗教、祈祷、顶礼膜拜嗤之以鼻。

"哦,是的,她现在每天都去。望弥撒,别的也都参加的。"莫莉说。

"什么时候开始的?"

"从小孩子初领圣体仪式开始的。她去看礼服,结果在教堂里哭了一通。从那以后,她就开始敬拜了,然后就开始望弥撒。"

"真有意思。"我说,想起玛莎说过的一句话——宗教是愚人的鸦片。

"年龄会改变人啊。"莫莉说,像个老人一样摇着头。

"怎么改变?"

"哦,年龄会让人变柔软的。年轻时会争强好胜,年龄大了,就柔软了。"

"你会和你男朋友结婚吗,莫莉?"我问。她看上去有点奇怪,不像她自己了。她是睿智的,但不再乐呵呵的了。

"我想会的吧。"

"你爱他吗?"

"那得等我结婚十年后再告诉你。"

"莫莉!你怎么这么有见识?"莫莉可以当我的人生导师了。看到莫莉这么理智,我为自己感到羞愧。她的人生这么艰难,却从来不会自怨自艾,从来不会像我这样觉得自己有多么可怜。

"我不得不这样。妈妈走的时候我才九岁,就得拉扯两个小的。"

"她是意外去世的吗?"我问。我听过一些可怕的传闻,说她是被烧死的。

"是的。烧死的。"她说。

"怎么回事?"我问,虽然我其实不应该问。

"那时候快六点了,晚饭的土豆还没有煮,可那些男人就要到家了。我们听见马车进了巷子口。'哎呀,上帝啊。'她说,'火要烧旺一些。'然后她就把煤油倒在火上,火苗一下子蹿到了她脸上,不到两秒,她全身就都着火了。我往她身上泼了一桶牛奶,但没用。"莫莉说这些事情的时候,没有哭出来,一点也没有崩溃,我羡慕她能这么勇敢。

"咱们泡杯茶吧。"她说着从地上爬起来。

"我今天再喝,肚子里就要溢出来了。"话虽这样说,我俩还是去厨房泡了一壶茶。过了一会儿,玛莎回来了,后来布伦南先生也回来了,玛莎和他一起上楼去给他洗头发。他们在浴室说说笑笑,我经过时看见玛莎用一块大毛巾包着他的头,正轻快地擦着他的黑色短发。他坐在浴缸上,双手环着她的臀部,头埋在她的肚子上。看到他们这么和谐,我心里很高兴。

我想也许他们会幸福的,而且我也希望他们幸福。虽然看到已婚的人拥抱在一起,我会不好意思。妈妈和爸爸从来没有这样过。

我进了卧室,不由自主地叫出了声。芭芭正趴在床上,满脸糊着白泥。

"啊!"我喊了一声,莫莉跑上来看出了什么事。

"老天,你可真是个大傻子。"芭芭说,"我这是法国泥膜,是为去都柏林做准备的。你都没听过泥膜吗?"她问。她的声音很僵硬,因为嘴唇周围糊了一圈泥,嘴巴不能正常动。

"没听过。"我郁闷地说。我也讨厌自己这副傻样子。

"你真是个傻子。"她说着坐起来,手伸到梳妆台上拿起一块海绵和一碗水。

"你妈妈和爸爸现在关系特别好。"我悄悄地说。

"是。等她知道自己会走到什么地步时就晚了,她会生个该死的娃娃或者发生别的什么事的。"

"你会介意吗?"我问。

"那还用说。当然介意了!我会成咱们这儿的一个笑柄。诺曼·斯波尔丁会怎么说我?"诺曼·斯波尔丁是银行经理的儿子,芭芭正在和他交往。其实也就在我们去都柏林之前交往了一段时间。芭芭说家门口的这些男孩都是些小屁孩,没什么用。假期里,我有时也和这些男孩约会,和他们出去感觉很无聊,他们拉我的手,我会感到厌恶。我总想跑回绅士先生身边,他比小男孩好太多了。

那一星期我们一直在为去都柏林做准备。

最后一天,我去村里和一些人道了别,然后去买了一袋标签纸。

市场棚旁边有一个猪市。商店门口停着几驾马车,还放着一堆红色草皮篓子,里面粉红色的小猪躺在稻草窝里吱吱地叫着。小猪哼哼着,鼻子从篓子的空隙里拱出来，想往外钻。

又是狂风大作的一天，风卷起街道上的尘土，空中飞扬着稻草秆和碎纸片。风也吹来了弥漫在每个乡村集市的特有味道。让人安心的新鲜畜粪的味道、暖烘烘的动物的味道，还有旧衣服的味道、烟草点着的味道。

风吹进农夫的大衣里，大衣外襟扑扑地扇动，让他们看上去仿佛是伫立在暴风雨中；农夫们激烈地讲着价格，不时往掌心吐一口唾沫，越争越带劲，个个看起来都是不好惹的样子。

从杰克·霍兰的店里走出来两个人，店里的喧闹和烟草味也跟着他们一起涌了出来，这两人把门拉开站了一会儿，于是更多的人听到了店里的嘈杂，闻到了波特酒的味道，也急匆匆地进去了。山里的孩子们站在驴子跟前，看着驴子，等着爸爸。他们身上的衣服松松垮垮的，看着傻傻的。他们的眼睛什么都不漏过，眼神跟着从房子里出来的女人，注视着她们穿过街道，用绿色的水泵接了满桶的水。山里的孩子们看见村里妇人的邋遢样，很是惊讶，村里的妇人用不屑的眼神回敬他们，这是村里人看贫穷的山里人时的专用眼神。

比利·图伊站在小市场棚前用一台大秤称着猪，猪嗷嗷尖叫着想要挣脱。天空阴沉，黑色的暴雨云在天空中急速移动。大家都说要下雨了。

我买完标签纸去和杰克道别。店里挤满了人，他没时间把我叫到一边再说什么悄悄话了。幸好。

离开这个破旧的村庄,我并不难过。村子里死气沉沉,疲惫不堪,陈旧破败,摇摇欲坠。商店的墙皮斑驳残缺,楼上的窗台外摆的天竺葵好像也比我小时候看到的少多了。

下一个钟头飞逝而过。又一次到了分别的时候。玛莎哭了。我想她是觉得我们一直都在往前走,而生活对她而言却是停滞不动的。生活绕开了她,欺骗了她。她才仅仅四十岁。

我们坐的是三等车厢,上面写着"禁止吸烟"。火车哐嚓哐嚓地向着都柏林驶去。

"拜托,哪儿有吸烟车厢?"芭芭问。她父亲把我们送到了车上,但我们没让他发现我俩的手袋里各自装了一盒香烟。

"咱们去找找吧。"我说。我们在过道里走着,咯咯地笑着,向陌生人抛去"那又怎样"的眼神。我想就是在那个时刻,我们的生命开启了一个新的阶段,轻狂的乡下女孩闯荡大城市的阶段。人们看我们一眼,立刻移开眼神,就仿佛突然发现我们没穿衣服还是怎样。可是我们并不在乎。我们年轻,而且,我们认为自己很漂亮。

芭芭瘦瘦小小的,头发剪得像男孩一样短,撩人的小小发卷垂在额前。她小巧精致,任何男人都可以把她举起来抱走。而我个子又高,又笨手笨脚的,一脸晕晕乎乎的样子，一头茶褐色头发也是蓬蓬松松、晕晕乎乎。

"咱们去喝雪莉酒、苹果酒，或是别的什么酒。"她转过身来对我说。她的肤色晒成了深色，笑起来的样子让我想到秋天的某种东西，比如坚果，或深红色的苹果。

"你可真好看。"我说。

"你可真迷人。"她回赠我。

"你就是一幅画。"我说。

"你就像丽塔·海华丝[①]，"她说，"你知道我常常想什么吗？"

"什么？"

"那天你让那些可怜虫修女上不成厕所，她们究竟是怎么解决的。"

提到修道院，我就仿佛闻到了包菜的味道。那味道附着在学校的每个角落。

"她们可真倒霉，得使劲憋着。"她说，爆发出一阵她常有的那种驴一般的疯狂笑声。

火车突然转了个急弯，我们都倒在最近的座位上。芭芭还在哈哈笑，我朝对面的那人笑了笑。他半睡半醒，没注意到我。我们站起来，继续在一节节车厢里布满灰尘的绒面座位之间的过道中穿行。过了一会儿，我们来

[①] 丽塔·海华丝（1918—1987），美国著名女影视演员，以舞姿优美、容貌性感迷人著称。

到了餐吧。

"两杯雪莉酒。"芭芭说,她把烟圈直接喷到了吧台服务员的脸上。

"哪种?"服务员问。他很友好,并没有介意。

"都可以。"服务员倒了两杯酒放在柜台上。喝完雪莉酒,我又买了两杯苹果酒。这下我们两人都有点醉了,坐在高脚凳上,摇摇晃晃的,看着外面的雨落在飞驰而过的田野上。醉眼蒙眬中,我们其实也没看到什么,飘落的雨也没有让我们内心泛起什么涟漪。

14

我们在六点前到达了都柏林。那时天还亮着,我们拖着行李穿过站台,站了一会儿,让别人先走。我们长这么大还从来没有见过这么多人。

芭芭招手叫了一辆出租车,把我们的新地址告诉了司机。地址就写在她行李箱的标签上。我们是通过报纸广告找到的住处,房东是个外国人。

"老天,凯特,这才是生活!"芭芭说,她舒服地靠在后座的靠背上,掏出一面小镜子照起来。她把一缕头发拉下来垂在额头上,正好盖在一边的眉毛上面,很好看。

出租车途经哪些街道我没有任何印象,一切都太陌生了。六点的钟声从某个教堂响起,接着更多的大小钟声从整个城市的各个教堂传了出来。各处当当的钟声交汇在一起,和谐地融入了清新的春夜,钟声里荡漾着一种独特的安宁气息。我已经喜欢上这里了。

我们路过一座大教堂,街道的地面是干的,但下午的雨水让教堂外面的黑色石头湿漉漉的。我们一路上看着橱窗里的衣服,看得头晕眼花。

"天哪,那个橱窗里有件漂亮极了的裙子。嘿,先生。"她身子向前倾,喊了一声。

司机没有回头,他把隔开前后座的推拉窗推开。

"你刚说什么了吗?"他说话带着科克郡人特有的抑扬顿挫的口音。

"你是科克郡人吗?"芭芭窃笑着问,司机装作没听见,拉上了推拉窗。很快他就向左一转,再开过一条大道,我们就到了。下了车,我俩平摊了车费。我们这时候根本还不懂什么小费的事情。司机把行李箱放在大门外的人行道上。有辆摩托车靠栏杆停着,大门里有条水泥窄道,两边是两小块修剪过的方正草坪。草坪和窄道之间,两边各有一个长方形花坛,里面有一些黄灰色的雪花莲在湿湿的泥土上萎靡地开着。房子本身是红砖砌成的,两层楼,一楼有一扇向外凸出的飘窗。

芭芭当当地敲着镀铬门环,同时按响了门铃。

"哎,天哪,芭芭,别这么不耐烦啊。"

"胆小鬼别乱说话。"她朝我挤挤眼,额前的那缕头发潇洒地晃着。门口的刮鞋板旁边放着几个牛奶瓶子。我听见有人朝门口走过来了。

门开了,一个女人出现在门口。她戴着厚厚的眼镜,穿着棕色针织连衣裙和毛茸茸的灰色针织长筒袜。

"啊,欢迎你们。"她说,然后朝楼上喊,"古斯塔夫,她们来了。"

门厅里的衣帽架上挂着几件白雨衣,还立着一把彩色雨伞,这雨伞让我想起莫里亚蒂老师从罗马寄给我的一张明信片。我们脱掉了外套。

这个女人个子不高,宽度却和餐厅的门差不多。她的屁股看着和滑稽明信片里那个女人的屁股一样,跟座山似的。我们跟着她走进了餐厅。

餐厅不大,挤挤挨挨摆满了胡桃木家具。一个角落里放着一架钢琴,旁边放着个餐边柜,柜上摆着几个相框,对面是个瓷器柜,里面塞满了玻璃杯、茶杯、马克杯,还有各式各样的纪念品。餐桌前坐着一个秃顶中年男人,正吃着煮鸡蛋。他一手拿着鸡蛋,另一只手用勺子挖着鸡蛋吃。他拿鸡蛋的手搁在大腿上,好像是在偷偷吃,样子很好笑。他和我们打了个招呼,是外国口音,就接着喝茶了。他相貌平平,两只眼睛离得太近,看起来有点不怀好意。

我们坐了下来。圆形餐桌上铺着绿色天鹅绒桌布,边上垂着流苏,桌子中间摆着一瓶杂色常青银莲花。

餐厅里的什么东西,也许是天鹅绒桌布,也许是拥挤的瓷器柜,也许是家具的年代感,总之,有什么东西让我想起妈妈,想起我家房子曾经的样子。

房东太太端来两小盘煎火腿片、几片抹了黄油的面包,还有一小碟果酱。

"古斯塔夫。"她回到餐厅时又喊了一声。我有点怕她。她的声音听起来粗野而霸道。

"特别好,我做的,自己做的。"她说着,把一把花哨的勺子放进了果酱碟。

我们吃得飞快,可以说是狼吞虎咽。很快就清空了面包盘,我俩互相看了一眼,然后都看向坐对面的那个秃顶男人。他已经吃完了,正在看一份外国报纸。

"乔安娜!"他喊了一声,房东太太在印花围裙上擦着手进来了。他用外语和她说了几句话。我猜是让她再拿些面包来。

"我的上帝啊[①]!可不得了!乡下女孩的胃口也太大了。"她挥动着双手说。这是两只肥胖的手,由于常年劳作而变得很粗糙。手上戴着一枚婚戒和一枚排戒。可怜的古斯塔夫。

她出去了,那男人继续看着报纸。

我和芭芭确定那人不懂英语。所以在等面包的时候,芭芭戏精上身演开了滑稽剧。她向我鞠了一躬,用颤抖的声音恳求道:"啊,啊,我的女神,劳您的神,红酒递一下可行?"我把醋瓶子递给了她。

[①] 原文为德语"Mein Gott"。后文中乔安娜说的"我的上帝啊"在原文中均为德语。

"套上茶壶套,"她说,称呼我为"女大佬",然后又换了个声音乞求道,"啊,我的女大佬,烦您辛劳,可否递一下奶酪?"于是我把杯子递给了她。接着她转向那男人,他的脸还藏在报纸后面。芭芭说:"你这秃头男,劳烦递给我黄油盘。"我俩正龇牙咧嘴地笑,报纸后面伸出一只手,慢慢把空黄油盘子推往芭芭的方向。我们一阵爆笑,看到他的手在颤抖。他也在笑。不错的开端。

乔安娜又端来两片面包和几小片蛋糕。这是一种双色蛋糕,一半黄色,一半巧克力色。妈妈称它为"大理石蛋糕",但乔安娜的叫法不一样。这薄片切得可真是妙,一片只够吃一口。对面那男人吃了两片,芭芭在桌下踢了我一脚,好像是要警告我吃快点。她把嘴巴塞得满满的。

古斯塔夫进来了,我们站起来和他握手。他个子不高,肤色苍白,眼睛里透着精明,微笑中带着歉意。他的双手皮肤很白,看着很精致。

"不,女士们,不用起来。"他谦恭地说,过于谦恭了。我还是更喜欢乔安娜的方式。他用"女士"称呼我们,芭芭很高兴,回了他一个她惯有的那种罗甘莓一样甜美的笑。

"一晚上都在那儿刮胡子。你穿新衬衣干什么?"乔安娜说着,仔细检查起他的衬衣和马甲。古斯塔夫说他要到酒吧去。

"就一小会儿,乔安娜。"他说。

"我的上帝啊!我还有两只鸡要拔毛,你也不帮我。"古斯塔夫脸上仍然挂着笑容。

"挺好的,女士们挺好的。"他指着我俩说,芭芭疯狂地扇动着眼睫毛。

"哦,是的,是的,吃,快吃。"乔安娜突然想起来我们还在那儿,赶紧说。但是已经没什么可吃的了,我们把餐桌都清空了。

我开始收拾餐桌,把盘子一个一个地摞起来,芭芭凑到我耳边悄悄说:"拜托,你一旦开始了,就得白天晚上都这么干。成打杂的了,我们就真成打杂的了。"我接受了她的建议,跟她上楼,去了我们的卧室,古斯塔夫已经把我们的行李箱放进去了。

卧室是个临街的小房间。地上铺着深棕色的油毡,从天花板垂下的灯泡上罩着串珠灯罩。

窗户开着,我走过去闻着城市的味道,看看外面是什么样。窗下有几个小孩在地上画了格子,在玩跳房子游戏。一个男孩拿了把口琴放在嘴边,随心所欲地吹着。看见我时,他们都瞪着眼睛往上看。最大的那个男孩问:"几点了?"我抽着烟,假装没听见。"嘿,小姐,几点了?三十二度是冰点,那热点是多少?"

芭芭在梳妆台前哈哈大笑,拜托我赶紧回来,不然我们会被撵走的。她说那个男孩很好玩,一定要认识认识。

衣柜是空的,但挂不成衣服,我们忘带衣架了。我们便把衣服搭在房间角落里的大扶手椅上。

楼下大门口停的那辆摩托车发动了,轰鸣着开上了大道。古斯塔夫走了。

隔壁屋子里有人开始拉小提琴。

"天哪!"芭芭说,捂住了耳朵。她捂着耳朵在屋子里转着圈,骂骂咧咧起来,这时乔安娜敲了敲门进来了。

"赫尔曼,他在练琴呢。"看到芭芭用大拇指指着隔壁,乔安娜笑着说,"非常天赋[①]。音乐家。你喜欢音乐?"芭芭说,我们太热爱音乐了,大老远跑到都柏林来,就是为了听人拉小提琴。

"哦,真好。好呀。多好呀。"芭芭对我打了个手势,意思是她觉得乔安娜是个傻子。我还在收拾行李,乔安娜走过来看我的衣服,问我父亲是不是很有钱,芭芭插嘴说他是个百万富翁。

"百万富翁?"你可以看到乔安娜厚厚的镜片后面的瞳孔放大了。

"我房租收便宜了,哈?"乔安娜咧嘴笑着说。她笑的样子很不招人待见,又傻又蠢,让人讨厌。但也可能

[①] 原文为"very talent",语法不对,是为了体现乔安娜的外国人特征。后文多有这种句子。

是眼镜的缘故。

"不。太狠了。"芭芭说。

"狠?什么?少吗①?我不懂。"

"不是,太贵了。"我说着,用一根发带绑起了头发,希望在照镜子之前,头发扎起来能让我的五官更漂亮。

"你们高兴?"她问。她突然焦虑起来,担心我们要离开。

"我们高兴。"我替我俩回答。她咧嘴笑了。我喜欢她。

"我送你个礼物。"她说,然后出去了,我和芭芭瞠目结舌地看着彼此。

她再回来的时候,手里拿着一瓶黄色的东西,还有两个顶针大小的杯子。这杯子像药剂师量药品用的。她往两个杯子里都倒上了黏稠的黄色液体。

"祝你们健康,哈!"她说。我们把杯子凑到嘴边。

"好吗?"她问,可是我们还没来得及喝。

"好。"我骗她。其实有股蛋腥味,还有股刺鼻的酒精味。

---

① 此处两人因为母语不同,出现了文字误解。芭芭说的原文是"No. Dear.",想表达的意思是"不,太贵"。"dear"一词除了指"贵",也指"亲爱的"。故而乔安娜会回答:"Dear?Darling(亲爱的)? Klein(德语,意为"小",带可爱意味)?"此处为使上下文连贯,翻译略微做了改动。

"我的。"她把手放在结实的胸口。她的胸部轮廓不分明,整个前胸是凸出的厚厚一整块。

"在欧洲大陆,我们都自己做。派对什么的,我们自己做东西。"

"上帝保佑我们远离欧洲大陆。"芭芭用爱尔兰语对我说,然后对乔安娜一笑,露出两个酒窝。

我把一罐面霜和一小瓶巴黎之夜香水摆在桌上,给屋里增加点生活气息。乔安娜走到跟前羡慕地仔细打量起来。她打开面霜的盖子闻了闻,又闻了闻香水。

"真香。"她说,凑在灰蓝色的香水瓶口闻个不停。

"喷一点吧。"我说,我们还欠着她那一小杯酒的情。

"贵吗?这香水贵吗?"

"好几镑吧。"芭芭对着她的酒杯得意地暗笑。她要捉弄乔安娜了,这我能看出来。

"几镑!我的上帝啊!"乔安娜塞上香水瓶的金属塞,赶紧放下,生怕打了。

"明天我可能用一点。明天星期天。你们信天主教?"

"是啊。你信吗?"芭芭问。

"我信,不过我们大陆的人不像你们爱尔兰人,信得那么死板。"她耸耸肩,表达出某种不以为然。她的针织裙裙摆高低不平,两侧松松垮垮地垂了下来。她走出房间,我们听到她下了楼。

"我们该干什么呢,凯特?"芭芭四肢舒展地躺在单人床上问。

"我不知道,要不去做告解?"这是星期六晚上我们一般要做的事情。

"告解!我的天,真够傻的,我们要去市中心。哦,上帝,这难道不是天堂吗?"芭芭向空中踢了几下脚,然后紧紧搂住雪尼尔床罩下的枕头。

"把你的行头都穿戴上,咱们跳舞去。"她说。

"这么快吗?"

"我的天,还这么快!能不快吗,我们在那个监牢里都关了三千年了!"

"我们还不认识路啊。"我对跳舞并不怎么感兴趣。在老家时,我总踩男孩的脚,转圈也很笨拙。芭芭的舞跳得真是绝了,转啊转啊,转到双颊绯红,头发飞扬。

"下楼去,跟那个德国大胸堡夫人[①]用你的优雅英语去。"

"这样说不好吧。"我脸上又现出愁闷的神情。绅士先生最喜欢的那种神情。

"拜托,她很搞笑好不好?我一直在等着她的大屁股掉下来,看着像粘上去的一样。"

"嘘,嘘!"我说。担心那个拉小提琴的会听到,他

---

① 原文为"Fran Buxomburger",化用"hamburger"(汉堡),讽刺乔安娜。

这会儿停下来了。

"下楼问去,别嘘嘘嘘的。"

乔安娜正把一壶滚烫的开水浇到一只死罗德岛红母鸡上。鸡全身都烫湿后,她开始拔毛。我站在厨房里看着她,但她正在听无线电播放的同乐会音乐,没听到我进来了。

这只死鸡让我想起以前在家时星期天吃的午餐。星期天早上,希基会拧断鸡脖子,把它扔到后门口,鸡挣扎着想站起来,要扑腾好一会儿才死掉。牛眼以为鸡还活着,朝它汪汪地叫,想把它撵走。

"我的上帝啊!吓我一大跳。"她突然转身,手里还拎着鸡。我赶紧道歉,问去市中心的路怎么走。她倒是告诉了我,但给出的指示实在混乱,我知道必须在街上另找人问路了。

上了楼,我发现芭芭去洗澡了。她一不在,房间里就空空荡荡的,了无生趣。外面的大道上,夜幕已经降临,孩子们都不见了,街上一片寂寥。哪个孩子的手帕吹到我们院子的栏杆尖上挂住了。独栋住宅群一直延伸到了城市远处,隔开这片住宅的是一个个教堂尖顶,或一栋栋公寓楼房,有十几二十层高。远处的群山一片灰褐色,朦朦胧胧,云朵歇息在山顶上面。实际上并不能称它们为山,而应称为山丘。柔和的、令人难忘的山丘。

我看着这些房子,想起了在寒风中、在黑暗中出生的那些小羊,想起了养羊人拖曳着脚步沿着山路行走,又想起了牧羊人和牧羊犬躺在篝火旁,打一个来小时的盹儿,然后再次顶着刺骨的寒风出发。我家的田地不在山上,但七八英里外就有山了,希基让我坐在他自行车的横梁上,带我去过一次山里。他在横梁上放了个垫子,怕把我屁股硌疼了。我们是去取一只牧羊犬。那是早春的一天,是很多小羊羔出生的日子,可以听到它们迎着寒风可怜地咩咩啼叫着。我们拿到了那只牧羊犬。黑白相间、毛茸茸的一小团,在铺着干草的盒子里酣睡。小牧羊犬长大了,就是牛眼。

"玛蒂尔达,你是否愿意和我,舞一曲华尔兹;一曲华尔兹,玛蒂尔达。"芭芭在我身后唱起来了,拉我和她一起跳华尔兹。

"你在想什么鬼东西啊?"她问,但并没有等我回答。

"我有个超绝的主意,我要改名了。我要叫芭芭拉,这么念,'波巴拉'。听起来可太棒了,是不是?可惜你在那个破商店上班,会影响我们的气质。"她若有所思地说。

"为什么?"

"小土包子才在杂货店里打工。有人问的话,我们就说你在上大学。"

"有谁会问这个啊?"

"男人啊,我们身边会有一堆男人围着转。对了,拜托注意点,你要是敢抢走我的男人,我可让你有的哭。"

"我不会的。"我笑着说,欣赏着自己宽松的上衣袖子,想着他会不会注意到呢,又想着他和他太太什么时候才能回来。

"你的烟,你的烟!"我对芭芭喊。她将烟放在床头柜上,把边上烧出一个印。木头烧着的味道都能闻到。

"我的上帝啊,你们干什么?"乔安娜大声嚷着冲进来,门都没敲。

"我最好的桌子啊,我的桌子!"她跑过去仔细检查那个烧出的焦印。我紧张得满脸通红。

"抽烟,年轻姑娘,是禁止的呀。"她说,含着眼泪把烟头扔进了壁炉里。

"我们得有个烟灰缸。"芭芭说。她看了看那个小竹桌,跪下去检查下面。

"反正也没什么用了,臭烘烘的全是虫子。"她对乔安娜说。

"你什么意思?"乔安娜呼哧呼哧地喘着气,似乎马上要爆炸了。

"蛀虫呀。"芭芭说。乔安娜跳起来,说不可能。但最后还是芭芭赢了。乔安娜把桌子搬走了,放到院子里的一个棚子里。

"拜托了,女士们,不要躺在这么好的床罩上,欧洲大陆的货,纯雪尼尔料子。"她恳求我们。我向她保证一定会更加小心。

"我们现在没桌子了。"乔安娜出去后,我对芭芭说。

"那又怎么样?"她脱着裙子说。

"真长虫子了吗?"我问。

"我怎么知道?"她往腋窝里喷着香体露。她的脖子没有我的白,我很高兴。

我们很快收拾好,走进都柏林的霓虹仙境。我爱这里胜过我曾爱过的干草地里的任何一个夏日。辉煌的灯火,如云的面孔,不绝的车辆,人们活力无限地匆匆赶往某个地方。一个皮肤黝黑的女人穿着一件橘色的丝质东西从我们身边走过。

"天哪,这里的人穿件内衣就上街了。"芭芭说。那女人长着一双大大的黑眼睛,眼睛下面晕着两片深色的阴影。她似乎在夜色和人群中寻觅着什么令人痛彻心扉的东西。一种能和她眼下的阴影,和她仿佛雕刻出来的、猫一样的美丽面庞相称的东西。

"你看她多美啊!"我对芭芭说。

"像地下挖出来的。"芭芭说着穿过街道,透过玻璃门往一家冰激凌店里瞅。

一个门童开了门,还把门拉住,我们只好走进去。

我俩每人买了一大盘冰激凌。上面放了桃子和奶油,整个冰激凌上都点缀着巧克力碎。有歌曲从桌旁的一个金属盒子里流泻出来。芭芭跟着节奏用脚打着拍子,摇摆着肩膀。后来,她往盒子的插槽里塞了一点钱,让这几首歌又播放了一遍。

"老天,我们总算是在过真正的生活了。"她说着往四下看了看,看周围桌上有没有帅气的男孩。

"挺好的。"我说,我是认真的。现在明白了,这就是我想要生活的地方。从此之后,我将在人群的熙熙攘攘中、在灯火的辉煌璀璨中、在各种声音的交汇合鸣中不停歇地穿行。我已经从昔日悲伤的喧闹声中离开,曾经,孤独的雨点剧烈敲打鸡舍的镀锌顶棚,奶牛在深夜哞哞呜咽,她的小牛犊正在树下出生。

"我们还去跳舞吗?"芭芭问。我告诉芭芭,我的脚已经累得走不动了。于是我们开始往家走,在我们那条大道附近的商店里买了一袋薯片,在人行道上边走边吃。头顶上方的路灯投下惨绿的灯光。

"老天,你看上去像得了肺结核。"芭芭递给我一片薯片的时候说。

"你也一样。"我说。我俩同时想到了之前学过的一首诗,大声背了出来。

> 他们把她从芒斯特山谷带出来,
> 从纯洁温暖的空气中带出来,
> 奥蒙德·乌林的女儿,她长着
> 金色的头发,蓝色的眼睛。
> 他们带着她来到了城市,

> 在这里她慢慢地枯萎,
> 肺病并不会把怜悯施给
> 金色的头发和蓝色的眼睛。[1]

路过的人看着我们,但我们这么年轻,用不着在乎。芭芭往空薯片袋子里吹气,把袋子吹得鼓鼓的,然后一拳砸下去,袋子爆裂,发出一声巨响。

"我要引爆这座城!"她说。她是认真的。这是我们在都柏林的第一个夜晚。

---

[1] 出自爱尔兰诗人理查德·达尔顿·威廉姆斯(1822—1862)的诗《垂死的女孩》。

15

星期一早晨,我拉开灰扑扑的花布窗帘,让阳光照进卧室里。这是个晴朗的春日。我现在熟悉一些了,就发现这个房间很破旧。油毡地板革已经磨得很薄了。乔安娜拿上来一个装橙子的箱子,把它竖着放在我俩的床中间。她在箱子上盖了一块印花布,好和窗帘搭配,但不管怎么遮盖,这依旧是个装橙子的箱子。

"吃早饭了。"乔安娜咚咚地敲着我们卧室的门喊。芭芭还在睡觉。她说大学第一天翘课算了,前一天我们晚上一直在跳舞,睡得又晚。房间很凌乱,地板上扔得全是衣服,梳妆台上已经蒙上了一层灰尘。能任由房间这么凌乱,真好,我们是成年人了,独立了。

到了楼下,我看见赫尔曼,那个秃顶房客。他正吃着切碎的生牛排。

"对身体有好处。"他微笑着拍了拍胸膛,显示自己有多健康。他早晚都会锻炼身体,我和芭芭会站在他门口,听他一边计数一边往空中伸胳膊蹬腿。

"不要鸡蛋,谢谢。"乔安娜拿鸡蛋给我的时候,我说。芭芭说城里的鸡蛋都是坏的,十有八九一敲开,就会发现里面有只死鸡仔。我听取了她的建议,现在看见任何鸡蛋都觉得恶心,就连很久以前希基给我煮过的那种红皮小母鸡蛋都觉得恶心。

我快速吃完早饭就出发了。古斯塔夫祝我好运,并把我送到了门口。

"古斯塔夫,来看你的烤面包片。"乔安娜又在喊了。古斯塔夫向我挥挥手,轻轻地关上了门。

走到杂货店只需要五分钟。人行道旁一路都种着树,天气很温和。白杨树乌黑、纤细、优雅的枝条抽出了嫩芽,一直到了梢头。浅绿色的嫩芽、乌黑细长的枝条在风中摇曳。烟囱顶上有几只鸽子歇着,灰色的房顶斜面上也有鸽子正大摇大摆地走着。这些莽撞的鸽子对来来往往的人流毫不理会。看鸽子排泄特别有意思,它们就那么轻而易举、心情愉快地喷出粪便。我以前从来没有和鸽子离得这么近。

那家杂货店在一个购物中心,左右两边分别有一家织物店和一家药店。

门上写着"托马斯·伯恩斯杂货店",窗户上弯弯曲曲地刷了几个字:"本店特色:自制火腿"。橱窗里摆着漂亮的饼干罐,贴着几张海报,上面有几个女孩正吃着松脆的饼干。漂亮的女孩,长着一口健康的牙齿。

我紧张地走进去。柜台后面站着一个留着棕色胡子的壮实男人。他正从一个大袋子里舀出蔗糖,装在小袋子里称重。

"我是新来的店员。"我说。

"哦,欢迎欢迎!"他说着和我握了手。我跟着他走到商店后面。那里乱七八糟的,纸箱子扔了一地。有个女人坐在高脚凳上,正对着一个大账本抄账单,他介绍说是他的妻子。她穿着一件白色工作服。

"啊,亲爱的,欢迎你啊。"她从高脚凳上转过来,面朝着我说。

"看她多好看哪。"她对丈夫说,"哦,亲爱的,你就像5月的花儿一样叫人喜欢。多漂亮的头发,哪儿哪儿都好看。"她摸着我的头发,我说谢谢。外面有人不耐烦地用硬币敲着玻璃柜台,伯恩斯先生出去了。

"有空箱子吗?"我听到有个小孩的声音问,伯恩斯先生一定是摇了摇头,因为我听到走出门去的轻轻的脚步声。

伯恩斯太太笑眯眯地看着我。她长着一张圆脸,皮肤苍白,眼睛迷迷糊糊的,像是正犯着烟瘾。她体形肥胖(虽然不是像乔安娜那样胖得滑稽),一副懒洋洋的样子。

"亲爱的,你带工作服了吗?"我说没听说过这回事。她说:"哦,亲爱的,太糟糕了,他应该告诉你的。他太爱忘事了，经常忘记收人家钱。"

我说这真是遗憾，并且尽量表现出几分同情。

"亲爱的，隔两个门那边就有家织物店，你可不可以赶紧去买一件。就跟多伊尔太太说是我让你去的。"

"我没有钱。"我说。前一天晚上，我在舞会上花了十先令。（门票五先令，更衣室存外套一先令，我还喝了三瓶汽水，因为摔了一跤后就没人邀请我跳舞了。是跳谷仓舞的时候摔的。我应该是被舞伴的脚绊倒的。不管怎样，反正是摔倒了，喇叭裙口都掀了起来，吊袜带什么的都让人看见了。芭芭把头别过去，假装不认识我，我的舞伴也偷偷往伴奏池那边溜走了。那一刻真是尴尬至极。我站起来，理了理裙子，跑到了楼上。在剩下的时间里，我一直坐在阳台上喝汽水。我尽量表现得漫不经心，做出对跳舞根本就不感兴趣的样子。楼下，芭芭在柔和的粉红色灯光下踩着轻盈的舞步，从天花板上垂下一条条彩色旋纸，旋纸下几百个年轻的男男女女贴着面颊在舞池里踩着属于他们的音乐节奏翩翩起舞。华尔兹舞曲能让人忘记一些事。我期盼着绅士先生突然出现在身边，领着我度过这个陌生而甜蜜的长夜，在我耳边轻轻低语，拥抱着我。舞曲停了，女孩们回到座位上，等着音乐再次响起时被邀请去跳下一支舞。这时，我仍然沉浸在自己的憧憬中。）

"哦，亲爱的，那你只能等等了，星期六给你发了工资再买吧。"伯恩斯太太粗声粗气地说。她说话的时候两片薄薄的嘴唇向里折进去，就像是没长嘴唇。她不高兴了。

伯恩斯先生让我把茶叶和蔗糖称好装在小袋里，做完后又说可以再称大约半磅重的五花肉火腿片出来。

"汤姆，我现在去收拾床了，再做些火腿。"老板娘说完就消失了，整个上午再没看见她。伯恩斯先生把一罐罐豆子、一瓶瓶酱料往货架上摆，一边摆一边不停地和我说话。他说自己是个乡下人，说他有多爱自己的家乡，很久很久以前，他经常在星期天去戈尔韦打曲棍球。很久很久以前，我心里想。

"我每年都回去。去年还帮他们挖了草皮。"他说。一瞬间，我看见了希基，他穿着靴子踏在草皮铲上，从棕黑色的草皮堤上挖起一铲草皮。铲子扎进堤上的草皮里，水扑哧挤出来，流进黑色的沼泽水里。我看见了沼泽水，看见了开在沼泽里的百合花，看见了地上生火烧水时留下的一块块熏黑的印记，看见了石楠划拉着我的脚踝，看见了紫褐色的大地上隆起的巨大石灰岩脊。希基挖草皮或踩草皮的时候，我常在沼泽湖边闲逛，从一块石灰石跳到另一块石灰石。沼泽湖边长了一圈芦苇，一年中，有些时候，芦苇梢上会长出柔软的棕色蒲棒；还有一些时候，睡莲的叶子上会开出一朵朵花。风蜡花托在平展的绿叶上随风轻荡。这些美丽的花从未被人注意过,挖草皮的人根本无暇留意。灯芯草是孤独的;风从草缝间吹过的时候,呼号声像是杓鹬的叫声,而杓鹬的叫声就是比利·图伊傍晚吹奏的乌林管的声音。沼泽湖的最远处长着一排白杨树,把世界隔绝在外面。那是我想要逃进去的世界。现在我进入了这个世界,那一片沼泽湖、那一张张乡人的面孔却成为我心里最难忘的场景。

"哦,天哪,对不起。"我说。神游中糖袋子倒了,蔗糖流到了地板上。木地板上有一层灰,不能把糖揽起来了。汤姆让我去厨房拿笤帚和簸箕。

伯恩斯太太正在喝茶,面前的桌子上放着一罐打开的饼干,饼干很精致。煤炉上的几口大黑锅里,火腿正滋滋地炖着。她在锅里加了苹果和丁香,香味浓郁。

"我拿一下簸箕。"我说。

"就在灶台边上。你是要扫地吗,亲爱的?"她的眼睛一亮。

"不是,我把糖撒了。"我本不该告诉她,又担心晚上睡觉前,她向伯恩斯先生问起我的表现时,他会提到这事。

"哎呀,我亲爱的,撒了多少?"她脸色一变,嘴唇又消失了。

"就一点点。"我尽量平息她的怒火。

"你现在得学着细心做事呀。我和伯恩斯先生从来都不浪费任何东西。亲爱的,你会细心的,对吧?"从来不浪费任何东西,肚子里可是塞满了饼干。

"我会的。"我说。我没有看她油脂一样的白脸,而是看着她黄色针织连衣裙最上面的扣子。这件裙子可不便宜,但上面满是油污。她耳后别着一支铅笔,铅笔尖从她半黑半灰白的头发里露了出来。她大概五十岁的年纪。

上午晚些时候,每天来帮佣的人到了。伯恩斯先生把我介绍给她。她叫乔,是个容貌憔悴的小个子妇人,穿着黑色外套,戴着黑色帽子,帽子的颜色已经泛绿了。她进了走道就消失了。我听到她在咳嗽,咳得很厉害。后来她告诉我,这是抽烟引起的。

十一点,跑腿的男孩来了。

"威利。你又迟到了。"伯恩斯先生抬头看着挂在墙上的铁路时钟说。

"我母亲病了,先生。"威利说,他把母亲说成"母听"。

他胸前的口袋里装着一把梳子和一支口琴。他拿起扫帚无精打采地扫起地来。店里所有成员都在这里了,除了那只毛皮油亮的黑猫,我害怕猫。伯恩斯先生说他晚上会把黑猫锁在店里,因为附近有很多老鼠。十一点半的时候,他进去喝茶了。

"嘿!"威利轻轻挤了一下眼睛,跟我打招呼。我们是朋友。

"她起来了吗?"威利问。

"谁?"

"伯恩斯太太。"

"嗯,起来几个小时了。"

"这个丑老妖婆。能把你吓一大跳。"(威利的发音是"一大掉"。)

"我们有茶喝吗?"我低声问,脑子里想的是那一盒精致的饼干,我该挑哪一块,还有她有没有可能把饼干罐递给我两次。

"茶,怎么可能。"(得么可棱。)有个顾客进来要买一大袋玉米片,威利帮我取了下来。玉米片在货架的高处放着,必须踩着梯子才能拿到。那个梯子晃晃悠悠的,看着威利爬梯子我都感觉头晕。

威利告诉我什么东西放在什么地方,像丁香、威克斯伤风膏、葡萄干、袋装速食汤这些我可能不容易找到的小东西。我在一张明信片上把最常用到的几样价格记了下来,比如茶叶、蔗糖、黄油这些。上午就这样慢慢过去了,午祷钟敲响了。威利在祈祷时呵呵直笑。祈祷完后他从口袋里掏出一张性感美女照片,说:"她长得像你,布雷迪小姐。"我比威利大四五岁,他说什么我都不介意。

"有点饿了吧,亲爱的?"伯恩斯太太出来问我们。

我说是的，事实上趁伯恩斯先生去喝茶时，我和威利已经吃了两个甜甜圈，还有麦芽糖。我把这些东西的钱放进了收银抽屉里。这是个构造复杂的金属抽屉，每次拉开时都会发出尖利的响声，所以无法偷偷打开。抽屉的正面有一些小按钮，上面有数字，你必须根据放进去的钱数去按对应的数字按钮。

称蔗糖把我的手弄得黏黏糊糊的，我问能不能上楼洗一下。我其实特别想看一下楼上是什么样。他们卧室的门半开着，我能看到地板的一部分，上面铺着地毯，床没有收拾，上面堆着一团软绵绵、毛茸茸的粉色毯子。床边有张藤编桌子，上面放着一盒巧克力，还有几本杂志，名字是《田野与溪流》。

洗手间乱糟糟的，地上扔着几条毛巾，洗手盆边上放着两罐打开的爽身粉。我洗干净手，享用了点免费的薰衣草爽身粉。

我下楼在外厅穿外套时，看见伯恩斯太太正在检查乔刚做好的两盘菜，乔就是那个做清洗活的帮佣女人。每个盘子里都有鸡肉土豆沙拉。伯恩斯太太把鸡胸肉从一个盘子里夹出来，放到另一个盘子里，然后又把一个鸡腿放回刚打劫过的盘子里。她坐在桌前，开始享用那盘有精细鸡肉的沙拉。我咳嗽了一声，提醒她我在那儿。

"跟伯恩斯先生说锁好门来吃饭了。可怜的人，一定饿坏了。"她说。我想，可怜的人，也不知道他有没有逮到过她在盘子上做手脚。

"好的,伯恩斯太太。再见啦。"

"再见,亲爱的。"她的嘴巴塞得鼓鼓的。

我往新家走去,寻思着伯恩斯两口子在一起过日子是什么样。我猜她躺在床上吃过巧克力,一边吃,一边还焐着三个热水袋。伯恩斯先生侧身躺着,读着《田野与溪流》。而楼下那只皮毛油亮的猫则抓着瑟瑟发抖的老鼠在黑暗中大快朵颐。

16

再有一个月就到复活节了。街角的花店橱窗里摆上了百合花,教堂里的雕像盖上了紫色的盖布。耶稣受难日的那个星期五,商店都关门了,到处都是忧郁的气氛。紫色的忧郁。死亡的忧郁。芭芭说我们也不如死了算了。我们打扫完卧室,早早就上了床。我喜欢看书,但芭芭受不了我看书。她会在屋子里走来走去,不停地问我问题,然后趴到我肩膀上读一段,说这书"纯属垃圾"。

复活节前一日那个星期六,我领了工资,去做了告解,然后到多伊尔织物店买了一双丝袜、一件胸罩和一条白色蕾丝边手帕。我永远都不会用这条手帕,永远都不敢用;在阳光下,它仿佛是一张蜘蛛网,脆弱而精致。我期待着夏天到来,把它绕在妈妈的银手镯上,蕾丝花边撩人地垂在手腕上。我和绅士先生去划船时,手帕会被风吹走,像一只白色蕾丝小鸟掠过蓝色的水面,绅士先生会拍拍我的胳膊,说:"我们再买一条。"仍然没有他的消息,尽管玛莎在信里说他已经回来了,阳光把他晒成了浆果一样的棕褐色。

我买的胸罩很便宜。芭芭说胸罩洗过后就没有弹性了,所以不如买便宜的,穿脏了再换。我们把穿脏的胸罩扔到垃圾桶里,后来发现乔安娜又捡回去洗干净了。

"老天,她是要再卖给我们。"芭芭说,而且和我赌了六便士;但乔安娜没有卖给我们。她把胸罩放进亚麻布柜子里,说会用得着的。我们猜她是不是要在边上续几片布,加大,给自己穿。但她也并没有这么做。后来,做清洁的女人来了,乔安娜把胸罩给她抵了钱。乔安娜可真是节俭到家了,拆拆洗洗,缝缝补补。她拆了一件缩了水、褪了色的开衫毛衣,用拆下的毛线给古斯塔夫织了一双家居袜子。她把正在织的袜子放在扶手椅的坐垫下。有一天,赫尔曼喝醉了,碰到了毛线。毛线脱了针,一圈圈线头像小小的棕色甲虫一样从针上一个个爬下来,爬到了垫子上。

"我的上帝啊!"乔安娜火冒三丈,血压飙升,脑袋里天旋地转。我们扶着她(啊,那个重量,那个邋遢样)坐在会客室的沙发上。这个会客室里从来没会过客。地上一个桶里放着腌鸡蛋,靠窗的座位上放着一溜苹果。有些苹果放坏了,屋子里能闻到一股甜香的苹果酒味道。赫尔曼给她喂了一勺白兰地,她醒了过来,新一轮怒火又燃了起来。

"这间房子可真豪华。"芭芭对乔安娜说。芭芭又走到壁炉前对着那个瓷做的小仙女说话。乔安娜给小仙女涂上了红脸蛋,还染了指甲油。她成彩虹糖仙女了。

"您要不要试穿一下胸罩,布雷迪小姐?"店员小姑娘问我。细弱的声音,像初领圣体时的小女孩;白皙、纯洁、念珠一样的手指拿着那件轻薄、罪恶的黑衣,她的手指都羞愧了。

"不用了,量一下就可以了。"我说。她从工装口袋里掏出一把卷尺。我举起胳膊让她测量。

买黑色内衣是芭芭的主意。她说这样不用经常洗,而且万一在街上出了车祸,或者哪个男人在车后座要脱掉我们的衣服,黑色内衣好一些。芭芭把这些事情都想过了。我还买了黑色丝袜。我在什么地方读到过,黑色丝袜有"文学的"意味,而且我来都柏林后写过一两首诗。我把诗读给芭芭听,她说和那些写在缅怀卡上的诗比起来不值一提。

"晚安,布雷迪小姐,复活节快乐!"那个初领圣体的声音说,我也祝她复活节快乐。

我进门时大家都在喝茶。连乔安娜都坐在了餐桌前,胳膊抹成了棕色,手腕上一串垂着挂坠的手链叮当作响。每次她举起杯子,挂坠就叮叮当当地敲打着瓷杯,像鸡尾酒杯里冰块碰撞的声音。凉爽,冰一样凉爽的加糖鸡尾酒,我很喜欢。芭芭认识的一个有钱男人有一晚请我们喝过鸡尾酒。

配的茶点有酿番茄、香肠卷,还有复活节果脯蛋糕。

"好吃吗?"乔安娜问,这时我才刚咬了一口酥脆的点心,还没来得及咽下去。我点了点头。乔安娜是个烹饪天才,能做出我们见都没见过的美食,让我们大为惊喜,加在汤里的黄色小丸子、苹果馅饼、酸包心菜,但我真心希望她别再站在我们身边,一脸殷切地盯着我们,问:"好吃吗?"

"讲笑话吧,我讲个笑话吧?"赫尔曼问古斯塔夫。他喝了一杯酒,一般一杯酒下肚后,他就想讲笑话了。

古斯塔夫摇了摇头。古斯塔夫苍白而精致。他看着像个失业的人,这是再自然不过的,因为他确实没出去上过班。他不知是得了皮肤病还是怎么的。我从来不能确定自己对古斯塔夫是喜欢还是不喜欢。我觉得我不喜欢他小小的蓝眼睛背后的那股精明劲,而且我常常觉得他过于完美,不真实。

"让他讲笑话啊。"乔安娜说。她喜欢被逗得哈哈大笑。

"不,咱们去看电影。放松一下。"古斯塔夫说,这时芭芭仰面哈哈大笑起来,椅子往后一翘,靠后面两条腿支撑着。

"电影没汁没味的。"乔安娜说,芭芭的椅子几乎都要朝后倒下了,因为她笑得过于大声,呛住了,一阵猛咳。后来她经常咳嗽,我告诉她应该去看看医生。

"没汁没味"是乔安娜独有的表达方式,意思是看电影是浪费钱。

"去吧,乔安娜。"古斯塔夫轻轻地用胳膊肘碰了碰乔安娜光溜溜、晒成棕色的胳膊。古斯塔夫的衬衣袖子卷了起来,椅子背上搭着他的夹克衫。这是一个温暖的傍晚,夕阳从窗户照了进来,给桌上的杏肉酱点上了一抹亮色。

"好的,古斯塔夫。"乔安娜说。她微笑着看着古斯塔夫,当他们是住在维也纳的一对亲密爱人时,一定也是这样对彼此微笑的。乔安娜开始收拾桌子,告诫我们一定要小心,别碰到那些精美的上好瓷器。

"女士们,跟我去夜店?"赫尔曼戏谑地问。

"女士们有约了。"芭芭说。她的下巴向胸口点了点,意思是她说的是真的。芭芭新做了头发,柔软的黑波浪卷像羽毛一样伏在头顶。太气人了。我的头发又长又蓬,松松散散的。

"再吃点蛋糕?"乔安娜问,但是她已经把果脯蛋糕装到一个棉花糖罐子里了。

"好的,再来点。"我还没吃饱。

"我的上帝啊,你要长成大胖子的。"她用手比画了一个肥胖女人的轮廓。她再回来时,手里拿着一片蔫蔫的海绵蛋糕,可能是留着做果酱松糕用的。我把这片蛋糕吃掉了。

上楼后,我脱掉了所有衣服,站在衣柜镜子前打量起自己的身材。我确实胖了。我又侧过身,掉过头在镜子里看自己的臀部。线条很不错,皮肤也很白,像裁缝店窗台上摆的那盆天竺葵的花瓣。

"什么是鲁本斯[①]式的?"我问芭芭。芭芭正在梳妆台前涂指甲油,转身面向我。

"拜托,拉上窗帘啊,不然人家还以为你是个色情狂呢。"我赶紧蹲在地板上,芭芭过去拉上了窗帘。她小心翼翼地用拇指和食指捏住窗帘边,以免弄花了指甲油。她的指甲油是橙红色的,正像她刚拉上窗帘时挡在外面的天空的颜色。

我双手托着乳房,试着掂量它们的重量,再一次问芭芭:"芭芭,什么是鲁本斯式的?"

"不知道,性感吧,我猜的。怎么了?"

"一个顾客说的。"

"哦,那你最好确实是鲁本斯式的,为了咱们这个约会。"她说。

"和谁?"

"两个有钱人。我这个有家糖果厂,你那个开了家长筒袜厂。免费丝袜哦,多棒!你大腿围是多少?"她手指

[①] 彼得·保罗·鲁本斯(1577—1640),佛兰德斯画家,巴洛克画派早期代表人物。他所画的女性人物形象大多表现出体态丰腴的特征。

做着弹钢琴的动作,这样指甲油能快点干。

"他们好相处吗?"我踌躇地问。我们已经有过和她找的朋友度过两个灾难性夜晚的经历了。芭芭下午放学后,有时会和别的女孩一起去酒店,在酒店的休息厅里喝杯咖啡。都柏林是个小城市,人们爱交朋友,一起去的女孩中,总有人能碰到认识的人,于是芭芭就结识了很多人。

"好得很。他们都快有八十岁了,我那个在他用的所有东西上都印着自己名字的首字母。领夹、袖扣、手帕、车座靠垫。所有东西。他车里用豹子做吉祥物。"

"那我不能去了。"我忐忑地说。

"拜托,怎么就不能了?"

"我怕猫。"

"听着,凯瑟琳,能不能不要胡说八道了?我们都十八岁了,生活无聊得要死。"她点了一支烟,使劲吸了一口,继续说:"我们要生活,要喝金酒,要挤进大轿车的前排,车要开到大酒店门口。我们要去很多很多地方,不能就在这堆湿不拉几的垃圾里坐着不动。"她挥着手,指指墙纸上潮湿的斑迹,又指指壁炉台,我刚要插句话,她就抢着说下去。"我们晚上待在这个破地方,给乔安娜灭蛾子,一有蛾子从衣柜后面飞出来,我们就像疯子一样蹦起来。成天不是往墙缝里喷滴滴涕,就是听隔壁那个神经病拉他的破小提琴。"她用右手在左手腕上做了个拉提琴的动作,然后精疲力竭地坐到了床上。这是她有史以来最长的一段发言。

"听听!听听!"我啪啪地鼓起了掌。芭芭把一口烟喷到了我脸上。

"可是,我们要的是年轻男人。我们要浪漫,要爱情,要这种东西。"我沮丧地说。在我的想象中,那应该是雨中的傍晚,我站在路灯下,发丝狂乱地散落下来,双唇做好准备等待着一个奇迹之吻。一个吻。一个吻就够了。我的想象止步于此,不敢再往下想。过去那些狂风肆虐的年月里,妈妈曾那么痛苦地做着反抗。但是,吻是美妙的。他的吻。落在唇上的吻,落在眼睛上的吻,他撩起浓密的长发时落在脖颈上的吻。

"年轻人有个屁钱。至少我们碰到的呆子都没钱,一股发油味,就会爬到都柏林山上呼吸什么新鲜空气,再跑到潮乎乎的小旅馆喝杯寡淡的茶。茶喝完,跑到树林子里,湿乎乎的手还要伸到你裙子里笨手笨脚地乱摸。坚决不行!我们已经把一辈子的新鲜空气都呼吸够了。我们要的是生活!"她向着空中张开了双臂。这个姿势狂野而不羁。说完她就开始收拾。

我们洗了澡,全身都扑上了爽身粉。

"用点我的。"芭芭说。但我坚持说:"不行,芭芭,你用我的。"我们心情好的时候,就互相分享,但碰上日子平平淡淡,也不去哪儿的时候,就都像守财奴一样把自己的东西藏起来。芭芭会说:"你摸一下我的粉试试。"我会说:"房子里一定是有鬼了,我的香水谁动过。"她就装作没听到我的话。那时候,我俩从不把衣服借给对方穿,谁要是买了什么新东西,另一个心里就不安了。

一天早上,我正在上班,芭芭打电话过来说:"老天,我要打爆你的头,别让我看见你。"

"怎么了?"电话就在商店里,伯恩斯太太正站在我跟前,看起来很生气的样子。

"你是不是把我的胸罩穿走了?"

"没,我没穿你的。"我说。

"你肯定穿了,胸罩又没长腿。我把房子翻遍了都没找着。"

"你现在在哪儿?"

"我在学校外面的电话亭,现在出不去了。"

"为什么?"

"因为我在这个鬼地方摔了个大马趴。"我哈哈大笑,一抬头正好撞上伯恩斯太太的脸,便赶快放下电话。

"亲爱的,我知道你人缘一定特别好,但告诉你的朋友们,别在上午打电话过来,可能会有人打电话来订货的。"伯恩斯太太说。

那个晚上,芭芭找到了裹在床罩里的胸罩。她只有晚上才收拾一下床。

我们迅速打扮好。我小心翼翼地穿上黑丝袜,没有让戒指挂住一根丝,穿好后扭头看看接缝直不直。真迷人呀。我说的是丝袜,不是接缝。芭芭哼着《戈尔韦海湾》,把一根金色的新腰链系在蓝色粗花呢连衣裙上。

我仍然穿那条绿色的背心裙,搭白色的舞蹈上衣。衣服上能闻到陈旧的香水味,这是以前我每次去跳舞时喷香水留下的味道。真希望我能有件新衣服。

"我受不了这个了,"我指着裙子说,"我不想去了。"

芭芭着急了,借给我一条长项链。我把项链绕啊绕,绕到差点勒着自己。项链和我的肤色非常搭,它是绿松石色的,珠子是玻璃做的。

"今晚我的眼睛是绿色的。"我看着镜子说。这是一种奇异的绿色,明亮、熠熠生辉的绿色,湿润青苔的颜色。

"现在给我记住了——波巴拉,别'芭芭、芭芭'地叫。"她警告我,并没有理会我眼睛颜色的话头。她嫉妒了。我的眼睛比她的大,而且眼白是一种淡淡的蓝色,像婴儿的眼睛。

房子里再没别人,我们离开时关掉了门厅的灯,确认门锁好了。隔两户的那家,煤气表让人偷走了,乔安娜警告我们一定要锁好门。

我们挽着手,步调一致地走着。大道尽头有个公交车站,但我们走到了下一站。从下一站坐车到纳尔逊纪念柱能便宜一便士。那晚我们带了不少钱,但出于习惯,还是选择多走点路。

"我喝什么?"我问。在脑海中,我听到了妈妈的声音从某个遥远的地方传来,她正指责着我。我看到她向我晃动着指头,眼里含着泪水,责备的泪水。

"金酒。"芭芭说。她的嗓门很大,我从来都没办法让她小声说话,走在街上人们老是瞥我们,仿佛我们是荡妇。

"我的耳环坠得疼。"我说。

"摘下来,让耳朵休息一下。"她说,一如既往的大嗓门。

"可是那儿有镜子吗?"我问。到那儿之后我想戴上耳环。这是一对长长的炫目耳环。我喜欢晃晃脑袋,这样耳环就会摇荡起来,而且上面小巧的蓝色玻璃石会反射出光芒。

"有,我们先去卫生间。"芭芭说。我把耳环取了下来,耳垂更疼了。有那么几分钟真是痛苦不堪。

我们路过我上班的商店,百叶窗拉下来了,但里面亮着一盏灯。百叶窗的宽度和窗户的宽度并不完全相等;两边各有一英寸的空隙,能够透过那两道窄缝看到里面的光。

"猜猜他们在里面干什么?"芭芭说。店里的事她都知道,而且老缠着我问东问西——他们吃的是什么样的东西,晾衣绳上挂的是什么样的睡衣,她说"亲爱的,我现在上去整理床"时,他会怎么回答。

"他们正吃着巧克力,数着今天挣的钱。"我说。我好像尝到了很久以前绅士先生给我的酒心巧克力的味道。

"不对,他们在干别的。他们正从你称好的半磅火腿片上切一片下来,然后再上楼去做告解。"她说着走了过去,试图透过角上的一个缝往里看。这时我看见一辆公交车过来了,我们赶紧往三四十米外的公交车站跑去。

"你们打扮得真漂亮。"售票员说,那晚他给我们免了车费。我们每隔一晚就要进出城里一次,已经认识他了。我们祝他复活节快乐。

17

酒店的门厅里灯光明亮,一角摆着一个硕大的花瓶,里面种着棕榈植物。

我们先去了卫生间,我戴上了耳环。洗完手,我俩在一个热风烘手机上把手吹干,觉得这个东西很好玩,就又洗了一次手,然后又烘干一次。出了卫生间,我跟着芭芭穿过门厅,走到酒吧。酒吧里人很多,他们围着桌子喝着酒,说着话,互相调笑着。柔和的粉红色灯光下,所有人看着都温和而从容,他们的面容全然不似杰克·霍兰酒吧里那些酒客的面容。如果我们是自己在这里喝酒就好了,可以看看周围的人,顺便艳羡一下那些女人佩戴的珠宝。

芭芭踮起脚,朝角落的一张桌子欢快地挥着手。我踩着高跟鞋,略略摇晃地跟着她走了过去。

两个中年男人站了起来,芭芭向他们介绍了我。我不确定哪个是哪个,不过即便在如此怡人的灯光下,两人都显然毫无吸引力。他们已经喝了一会儿,桌子上放着几个空杯子。

"你也在上大学吧,我听说。"灰白头发的男人对我说。黑头发的那个正在恭维芭芭的美貌,我估计那人是雷金纳德,刚和我说话的这个是哈利。

"是的。"我说。我坐在椅子沿上,就好像头顶的吊灯随时可能会掉下来。这个吊灯非常漂亮,比酒吧中间挂的那个大吊灯好看得多。

"你学什么?"

"英文。"我快速回答。

"哦,那太有意思了。我自己对英文也是颇有些天分的。事实上,我对莎士比亚的十四行诗有自己的见解。"

这时一个男孩过来让我们点单。

"粉红金酒。"芭芭学着小姑娘的声音对雷金纳德说。

"我要一样的。"我对那男孩说。男孩把玻璃桌面擦干净,拿走了空杯子。他再回来时端来了酒。起先他俩谁都没主动要买单,接着他俩同时都要买单,最后是哈利付了钱,并给了两先令小费。粉红金酒的名字可比它的味道好多了,我问能不能给我来瓶橙汁。橙汁盖住了金酒的苦涩味道。

我不想谈莎士比亚的十四行诗,我熟悉的只有一首,于是问雷金纳德:"您的工作辛苦吗?"

"我的工作!不,不,我可是糖果商……我让生活变得更甜。哈哈哈。"

他们都哈哈大笑起来,这句话不知道他讲过多少遍了,到现在都讲滥了吧。

"笑,凯瑟琳,拜托,笑啊。"芭芭说。我努力想多少笑一点,但没成功。

于是芭芭说她想和我说句话。我们走到铺着地毯的一个楼梯拐角处,那里通往住店客人的卫生间。

"拜托,你能帮我个忙吗?"她问。她认真地抬头看着我,我比她高得多。

"好的。"我说。我已经不再怕她了,但仍然感觉到了那种要听到别人对我说出什么不好听的话时的不适感。

"那么,拜托,你能不能不要再问那些人有没有读过詹姆斯·乔伊斯的《都柏林人》了?他们没兴趣!他们晚上是出来消遣的。你只管吃你的,喝你的,乔伊斯再厉害让他自己去吹牛就行了。"

"他已经死了。"

"那看在上帝的分上,你还有什么放不下的?"

"我没放不下什么,我只是喜欢他。"

"哎,凯瑟琳!你怎么就不明白?"

"我讨厌这样。要是那个傻胖子哈利敢碰我,我就大喊。"

"他不会的,凯瑟琳。我们会一直待在一起的。想想这顿大餐,我们要吃羔羊肉配薄荷酱。薄荷酱啊,凯瑟琳,你爱吃的。"芭芭要是真心想哄我心情变好,嘴就特别甜。我陪她回到他们那儿,然后自己上了楼,对着一面镜子坐了一会儿。就是想离他们远点。

我想着楼下这些人,个个都在享受着他们的快乐时光,尤其想到了那些女人,迷人、富有,又神秘。对一个女人而言,富有了就很容易变得神秘。莫名其妙地,我回想起四五岁的时候,在星期六的晚上,我会得到一件干净的睡袍,还有一块干净的手帕。

我下楼时,他们已经准备走了。我们要到一个乡村酒店去吃晚餐。

芭芭和雷金纳德坐在后排,一路都咯咯地笑,一直窃窃私语。我都不好意思往后面看,怕万一他们在拥抱或者干别的什么类似的事情。

"好了,我们再回到莎士比亚十四行诗的话题吧。"哈利说。直到我们开到甜面包山下的酒店,他仍然在喋喋不休。这是座乔治亚风格[①]的白色房子,四周种着松树。房前的草坪上有一丛丛水仙花。这些水仙花比我在任何别的地方看到的都漂亮、快乐。

"一定要摘朵花呀,小伙子们。"芭芭说着,踩着细

[①] 乔治亚风格指汉诺威王朝前四位君主统治时期(1714年至1830年期间,从乔治一世到乔治四世)流行于英国的建筑、室内设计及装饰艺术风格。乔治亚风格是多种风格的集大成者,主要特征为对称性与平衡性,以及古典的外观和精致的内部结构。

高跟鞋摇摇晃晃地走在铺着大理石块的路上,"小伙子们!"她怎么能这么虚伪?她有点喝多了。我努力跟上她,不想一个人和他们走在一起。但走到半路上,我突然意识到他们正在背后对我评头论足,然后就一步都走不动了。我的腿迈不开了。

"我这盘菜可真是可口。"我听见哈利说。等芭芭回来,小圆鼻头埋在一捧水仙花里的时候,我眼里已经有了泪水。

"天哪,我再也不带你出来了。"她小声抱怨。

"我再也不会来了。"我低声说。

晚饭前我们喝了雪莉酒。那两个男人在酒吧里玩飞镖,哈利请几个本地的小伙子喝了一圈酒。可以看到他全身都膨胀着自命不凡的气息,听着那些小伙子举着黑啤杯子,祝他"复活节快乐,先生"。

我们吃了羔羊肉配薄荷酱,和芭芭承诺的一样,还有一盘煮土豆和罐装豆子。雷金纳德一次就拿了三个土豆,还让女服务员给他来一杯双倍量的威士忌。

"得吃完,老雷。"哈利说,话里带着讥讽的味道。哈利为我们点了红酒。红酒的味道是苦涩的,但因为它的色泽,我原谅了它的苦涩。迎着夜晚的灯光,我举起杯子,透过玻璃杯看着砖砌的壁炉和沿墙挂着的那排铜制平底锅,这样真好。

"你是个很出色的女孩。"哈利说。

"我很讨厌你。"我心里说,不过,说出声的却是:"这是顿很出色的晚餐。"

"你有艺术气质。"他说着用自己的杯子轻轻碰了一下我的杯子。"你知道我有个什么特点吗?我也有艺术气质。以前我有过一个爱好,你知道是什么吗?"

"不知道。"我怎么会知道?

"我会做椅子,用火柴盒做很漂亮的赫普怀特风格①的椅子。特别艺术的椅子,你一定会喜欢的。你有艺术气质,让我们为这个干杯吧。"他们都举杯喝了一口。雷金纳德说:"太棒了!"

"高兴吧?"芭芭问我,我看了她一眼,示意她别说了。

"你知道吧,我是理解你的。"哈利说着把椅子挪得离我更近了一些。我很不自在。一方面是因为我鄙视他;另一方面,我觉得他是那种如果你没想起来把盛豆子的盘子递给他,就会怒气冲冲的人。我决定还是喝酒吧,喝,喝到大醉为止。

"小姐,再来些土豆?"女服务员端着甜点进来时,雷金纳德说。他把胳膊肘放在桌子上,双手撑着脑袋。土豆端上来时他睡着了,女孩就又把土豆端走了。然后

---

① 赫普怀特风格指英国家具设计师与工匠乔治·赫普怀特(?—1786)创立的一种新古典主义风格,以造型优雅、比例优美、结构简洁、适用性与观赏性兼备为特征。

她撤走了他的餐盘和面包盘,盘子里高高地堆着一堆土豆皮。

"来,吃松糕了。"芭芭摇了摇他,他睁开圆溜溜的贪婪的小眼睛,盯着面前盘子里的松糕。

"好的,好的。"雷金纳德大口吃起来,似乎怎么也吃不够。哈利则吃得非常精细。我们又喝了杯爱尔兰咖啡,咖啡非常浓,加了很多奶油,喝完后我有些恶心。雷金纳德买了单,把一张钞票塞到了女服务员的围裙口袋里。

我们开车往回走,这时刚过十点,络绎不绝的车流从相反的方向开过来。

"你靠近我坐,行吗?"哈利恼火地说,似乎我应该明白一顿大餐的价格是什么。我顺从地向他靠近了点。心想最糟糕的部分已经过去了,很快就能回到我们的小家了。

"再近点。"他说。听他说话的方式,你会觉得我是条狗。

"路真不好走啊。"我说。"你开得真好。"我又加了一句。我只想安全地回到家。有三四次,我们离死神的就差了那么一点点。雷金纳德打起了鼾,芭芭把胳膊肘架在我的座椅靠背上,开始说个不停。她说的都是些蠢话,当个处女什么的,她已经完全喝醉了。

"这是怎么回事?"我问。车在一座高大的都铎风格①的独立宅院前减速了。

"到家了。"哈利说。双扇大门打开了,他把车开进白色车库门一两英寸,我们下了车。

靠近栏杆处有一棵樱花树正盛开着。草坪是精心打理过的,光滑平整。

"别离开我。"上台阶时我悄悄对芭芭说。

"拜托,闭嘴吧。"芭芭说。她脱下鞋子,穿着丝袜登台阶。雷金纳德抱起她进了门廊。哈利开了灯,我们跟着他走进会客室。这是间很大的会客室,高高的天花板,里面摆满了昂贵的家具。你可以闻到钞票的味道。

我们脱下外套放在沙发上。哈利按了一个按钮,一个红木柜子从前面打开了,里面摆着各式各样的酒瓶。

"喝什么?"他问。

"咱们都喝加冰苏格兰威士忌吧。"雷金纳德说,芭芭愉悦地呢喃了一声。我什么都没说,背对着他们,看着挂在壁炉上方的一幅肖像画,里面有一个妇人手抚着一匹马的前额。我猜是他的妻子。

"那是我妻子。"哈利说着,递给我一大杯酒。

"贝蒂现在怎么样?"雷金纳德问,打定主意不避开

---

① 都铎风格指15世纪末到16世纪上半叶产生并流行于英国都铎王朝统治时期的一种建筑艺术风格,特点为大量使用半木结构、长方形窗户、尖耸的三角形屋顶等。

关于她的话题。

"挺好的。她到西部去参加一个高尔夫锦标赛了。"哈利说着脱掉了夹克。他里面穿了件黄褐色开衫毛衣，他把毛衣往下拽了拽，盖住了臀部，然后大摇大摆地在我面前走动。他身体肥胖，自负又愚蠢。

"快回来吧，贝蒂。"我对着橡木框里那个相貌平平的马脸女人乞求着。哈利拉上了窗帘。这是我见过的最奢华的窗帘。紫红色的天鹅绒打着深深的褶皱，柔软地堆叠着垂到了地面。窗帘上方，相同布料做成的窗幔呈波浪状覆在上面，边缘缀着红色和白色的流苏。妈妈一定会喜欢这窗帘的。

"坐吧。"哈利说。我陷进了厚厚的沙发坐垫里。他坐在我身边，开始摸我的头发。

"高兴吧？"他问。雷金纳德和芭芭坐在钢琴前弹着二重奏。琴凳很长，足够他俩一起挨着坐下。

"我想喝杯茶。"我说。任何能让我们走动起来的事情都行。

"茶？"他重复了一遍，似乎茶是某种只有野蛮人才会喝的东西。

"来吧，凯特，我们泡茶去吧。"芭芭说着从琴凳上起来了，然后用手拍了拍头发，把波浪卷整理好。哈利给我们指了厨房在哪儿，然后一脸愠怒地坐回去喝酒了。

"嘿，看我们能搞点东西不？"芭芭说着打开了一台庞大的白色冰箱的门。门一开,一道光从里面照了出来,我们急切地往里看,希望能找到点鸡肉。金属架子上空空如也:什么都没有,只有一个金属盒子,里面装着一盘冰块。

"自己看吧。"芭芭说着往后一站,让我能一览无余。

我们泡好茶,端着托盘回到会客室。没有牛奶,不过有红茶总比什么都没有好。

"哈利,可否让芭芭拉看一下你的油画?"雷金纳德问。哈利说:"当然可以。"雷金纳德拉起芭芭的手出了会客室。我打着哈欠,在芭芭身后叫她别去太久了。

"终于!"哈利把酒杯放在黄铜桌子上,带着一种志在必得的神情向我靠过来。我双腿交叉起来,双手交叠着端庄地放在大腿上。我看向他的眼神是淡定的,内心却已经在瑟瑟发抖。他坐在沙发上,开始猛烈地亲我的嘴唇。

"来吧。"他说着,想把我的一条腿从另一条腿上抬起。后面照来的灯光打到他脸上,他的笑容看起来非常诡异。

"不要。我们说会儿话吧。"我说,尽量想表现得随意一点。

"我给你讲个童话故事吧。"他说。

"好的,讲故事吧,这样挺好。"我微笑着接过又一杯酒。说话,这就是我必须做的事情。说话,说话,说话。什么事都不会有的,无论如何我都会回到家里的,我还要在感恩节做九日敬礼①。

"准备好了吗?"他问。我点点头,双腿再次交叉起来。他握住我的手。和平第一,我极力忍耐着。

他开始了:"从前,有一只公鸡、一只狐狸,还有一只小猫咪,他们住在一个遥远的岛上……"

故事并不长,我也没有完全理解,但能明白这是个有双重意味的肮脏故事,也明白了他是个肮脏、可怕、愚蠢的男人。

我站起来,歇斯底里地喊:"我要回家!"

"没良心的小婊子!没良心的婊子!"他说着灌了一大口酒。

"你真卑鄙,太可恶了!"我再也压不住自己的怒火了。

"那你究竟为什么来?"他问。我跑到门口去喊芭芭。芭芭走下楼来,边走边系着她的金色腰链。

"我要回家!"我发疯似的喊,"雷金纳德呢?"

"他睡着了。"芭芭说。她从前厅的桌子上取下鞋子,进会客室去拿我们的外套。

芭芭问哈利能不能把我们送回家。哈利穿上夹克走

---

① "九日敬礼"指"苦难耶稣九日敬礼",是天主教的一种敬拜仪式,教徒为了求得天主的某种恩宠,或由于某个节日的礼仪而进行的一连九日的祈祷。

了出来,手里狠狠地晃动着一串钥匙。

从那个地方出来,看到月光下洁白的草坪,真好!草坪和月光是有尊严的。如果一个人只遇到那些美好的人,生活该有多美好。生活是美好的,充满了希望。这种希望是当你在一座惊艳的喷泉下看到一个绽放着烟蓝色花朵的夏日花园时能感受到的。雾蒙蒙的银色小水滴从空中喷洒而落,浸润着干渴的蓝色花瓣。

我坐在后排。他开得极快,我感觉他想弄死我们。

开到我们那条大道口,芭芭说我们最好现在就下车,因为一旦他的大车进了那条狭窄的小道,可能就再也掉不过头了。

"晚安,芭芭拉。你是个好女孩,如果我哪里能帮上忙,别忘了给我打电话。"他对芭芭说。对我,他说了晚安。

我们快步走上街道。天气寒冷,花园似乎都被封冻了。月光、星光、灯光交相辉映,街上一片明亮。所有窗户都拉上了窗帘。有扇窗户还亮着灯,从那个方向传来了婴儿的啼哭声。

"看看,老天,我们也只能搞到这些了。"芭芭说着从裙子里面不知什么地方掏出一条客用毛巾、两个西红柿和一罐鸡肉火腿酱。

"天哪,你是怎么弄到这些的?"

"我和老雷出去后,他睡着了,我就在房子里翻找了一遍，在厨房的一个柜子里找到了这些吃的。"她给了我一个西红柿，我用外套袖子擦了擦，咬了一口。西红柿甘甜多汁，我太高兴了，喝了酒后特别渴。

"你什么情况？"她问。

"我什么情况！那家伙就该枪毙。"我说。

"敢那样动手动脚，真他妈是个疯子。你怎么不扇他一巴掌？"

"那你呢，你扇雷金纳德的耳光了？"

"没，我没扇。我俩关系很稳定的，我喜欢他。"

"他结婚了吗？"我问。

"他要是结婚了，我们还能关系稳定吗？"她声音尖利地说。

"他看着像结了婚。"我说，不过我也不关心。我现在很快乐，都结束了。我们现在走在人行道上，走在大树下，走在一点钟的街道上。明天是星期天，我可以晚睡。我轻轻跳了几步舞，我是那么快乐，西红柿也那么好吃，生活才刚刚开始。

远处停了一辆黑色小汽车，看着似乎停在我们大门外，或者隔壁大门旁。走得再近些，只见车窗摇下来了。走到跟前，我看见了，原来是他。他微微笑着，凑到靠路边的那扇车窗前，然后打开了车门。我迎着他走了过去。

"哦，绅士先生。"芭芭惊讶地说。

"你好。"我说。他看上去十分疲惫，但见到我们很高兴。从他的眼睛可以看得出来他很高兴。他的眼神是兴奋的。

"这个时间回家还真是令人震惊啊。"他说。他的眼睛看着我。

"令人震惊。"芭芭说着进了大门。她懒得用手带上门,大门咣的一声响。

"把钥匙留在门上。"我对她喊。我上了车,我们靠近坐着。换挡杆挡在了我俩的膝盖之间,于是我们下车坐到了后排。他亲吻了我,脸颊冰凉。

"你喝酒了。"他说。

"是的,喝了。我感觉好孤独。"我说。

"我也是。不是也喝酒了,是我也很孤独。"他又一次吻了我。他的嘴唇是冰凉的,美妙的冰凉,像鸡尾酒杯里的冰块一样冰凉。

"把一切都说给我听吧。"他说。但我还没来得及说,他也还没来得及听,我们就久久地拥抱在一起。亲吻的时候,我睁开了一次眼睛,偷偷地看他的脸。街灯直接照到了车上。他的眼睛紧紧地闭着,眼睫毛在脸颊上颤动,雕刻般苍白的脸,是一个很老很老的男人的脸。我闭上了眼睛,只想着他的嘴唇、他冰凉的双手、他的马甲和笔挺的白衬衫下搏动的温暖的心。这时我才想起来脱掉外套,让他看到我的衬衫。他撩起我舞蹈衫的袖子,不断从我的手腕轻吻到手肘。

"我们要不要去什么地方?"他问。

"去哪儿?"

"咱们开车去看海吧。"

我们坐到了前排,他开动了车。

"你在那儿等了很久吗?"我问。

"午夜开始等的。我问了房东你们什么时候能回来。"

"你在西班牙时没有给我寄明信片。"我说。

"没有。"他淡然地说,"不过我大多数时间都在想你。"

他握住了我的手。这一握是细腻的,又是野蛮的。然后,当他吻我的时候,我的身体化成了雨。温柔的。流淌的。顺从的。

面向大海坐着虽然非常美好,但我想象着我们正坐在另外一个地方。在树林里,我们紧紧地靠在一起坐着,身旁有一条小溪流过。一个秘密之地。一个遍地覆盖着蕨草的绿色之地。

"你被开除了?"他问。

"是的,我们写了不好的东西。"我说。我红了脸,不知道玛莎是不是把事情都确切地告诉他了。

"你这个滑稽的小丫头。"他说着笑了。听他叫我滑稽的小丫头,我起先很生气,然后又觉得他的用词是甜蜜的。在这之后,一切都蒙上了甜蜜而迷人的色彩。

就这样,我看到了晨曦从都柏林湾上方升起。那是寒冷的晨曦,下面是苍茫的灰色大海。我们已经在那里坐了好几个小时,一直聊着天,抽着烟,拥抱着。我们欣赏着照射着海港的绿色灯光;我们在半明半暗中凝视着对方;我们相互诉说着甜蜜的话语。然后,黎明到来了;绿色的灯光突然熄灭,一只白色的海鸥此时飞上了天空。

"如果一整天都有月光照着,你会喜欢吗?"我说。

"不。我喜欢早晨和日光。"他的声音低沉,带着睡意,而且非常遥远。他又从我身边离去了。

他朝半覆着杂草的沙丘倒车,然后掉头,动作迅速而娴熟。我们沿着平滑的沙滩开着。涨潮了,我知道潮水将冲去车轮留下的痕迹,我将再也不能回来看到它们。我们一路安静而陌生。和绅士先生在一起时一直是这样。当一切都很完美的时候,他就溜走了,好像他无力去承受完美。

他把我放在家门口。我很想留他吃早餐,但又担心乔安娜不同意。

"我们是朋友吗?"我不安地说。

"是啊。"他说,对我微笑着。我们约好了星期三再见。

"你现在回家去吗?"我问。

"是。"他看上去忧郁而冷漠,我想告诉他这一点。

"想着我。"他说完就离开了。

我进门时，乔安娜正在煎香肠，她看见我后画了个十字。我吃了早饭就直接上床睡觉了。那是我第一次错过星期天的弥撒。

18

接下来的几星期里,我和芭芭逐渐变成了陌路人。只要绅士先生有空,我就和他一起出去,芭芭则每晚都和雷金纳德见面。她下午上完课后甚至都不回家,每天早上出去时也都会穿上最好的衣服。

"堕落了。"乔安娜吃早饭的时候说,她看见我们因缺乏睡眠而苍白的脸和被尼古丁熏黄的手指。

"去死吧。"芭芭说。她的咳嗽越来越严重,人也越来越瘦了。

三天后,芭芭告诉我她必须去疗养院住半年,雷金纳德带她去拍了 X 光片,发现她得了肺结核。

"啊,芭芭!"我绕过桌子走到她那边,抱住了她。我们为什么要成为陌路人?过去的那几星期里我们为什么对彼此这么尖刻,还互相隐瞒?我把脸贴到她脸上。

"老天,别这样,我周围可能到处都有细菌在飞。"她说,我笑了。她的脸现在很苍白,曾经男孩般飞扬的气息也褪去了。这几星期里,她看上去成熟了一些,也更有智慧了一些。是因为雷金纳德?还是因为她的病?她已经收拾好了要带的物品。

"我在这儿留几件衣服,你可别天天都穿着招摇过市。"她说着把两条夏季连衣裙挂回衣架上。

过了一会儿,雷金纳德来了,在大门外按着喇叭。我上去叫她,看她是不是可以走了。

站在门廊里,我帮她套上花呢大衣。一只袖子的里子撕开了,不过我们还是努力让胳膊伸了进去。她站了一会儿,那么瘦,那么小,双颊上带着两团深色的红晕。她的蓝眼睛蒙上了一层雾气,泪水马上就要涌出来了,她咬住下唇,尽力忍住不哭出来。然后她往嘴唇上涂了一层粉色的唇膏,对着门厅的镜子冲自己勇敢地笑了笑。

乔安娜担心雷金纳德会进来,就解下了围裙。

"我会尽量经常去看你的。"我对芭芭说。她要去的疗养院在威克洛,我知道我的钱最多只够每星期买一次车票。布伦南先生每星期支付三镑钱供她在那儿花销。

"你来了把烟往死里抽,这样就不怕招臭虫了。"她说,仍然笑着。

古斯塔夫和乔安娜向芭芭告了别,雷金纳德提了行李箱。芭芭上车后,他把一条毯子围在芭芭身上,对她非常体贴。我开始对他有好感了。

我冲车子挥了挥手,芭芭也向我挥挥手。隔着车窗,芭芭纤细、苍白的手指向我们友谊的尽头挥了挥。她走了。一切都不会跟从前一样了,再努力也不会了。

乔安娜上了楼,往我们房间各处喷洒消毒剂,嘟嘟囔囔地说,毯子又要洗一次了,几个月前才刚洗过。看她那嘟囔的样子,你都觉得仿佛芭芭是故意跑去染上肺结核的。

卧室里整整齐齐,却一片冷清。芭芭的化妆品,还有雷金纳德送给她的那一大瓶香水都不见了,梳妆台空空荡荡。她把那条蓝色项链放在了我床上,还留下一张字条:"送给凯瑟琳,以此纪念我们曾有过的快乐时光。你真是个大笨蛋。"这时我哭了起来,想起她下课后我们一起走路回家的那些傍晚,想起她常常让狗在后面追着我,还拿字迹很难除掉的铅笔在我胳膊上写下不雅的文字。

我得求乔安娜一件事,所以坐立不安,非常烦躁。

"乔安娜,今晚我能在会客室招待一位朋友吗?"

"我的上帝啊!你会给这所房子带来坏名声的。隔壁的女人,她们说:'这么晚,真丢人,你招的什么女孩啊?'"

"他是个有钱人。"我说。我知道这能说动她。乔安娜持这样一种观点,即一个有钱人如果到她的房子里来,会在桌布下留下五镑钱,或者故意把外套忘在她家,留给古斯塔夫穿。这么说来,她还真是头脑简单。当我说他是有钱人时,可以看到她愚蠢的蓝眼睛里现出了希望。

最终她说可以,我就开始为我的约会做准备了。

只有在这个时候,我才为自己是个女人而心怀感激。在傍晚的这个时候,我拉上窗帘,脱下旧衣服,为出门做着准备。时间一分一分地过去,我激动的心情越来越强烈。我在灯光下梳着头发,头发是阳光下秋叶的颜色。我在眼皮上涂上黑色的眼影,讶异于这阴影给我的眼睛带来的神秘色彩。我不喜欢做女人,虚荣,浅薄,肤浅。对一个女人说你爱她,她会让你把这话写下来,拿去跟朋友们炫耀。但是在夜晚的这个时候,我非常快乐。我觉得自己对整个世界都变温柔了。我抚摸着墙纸,仿佛墙纸是边缘晕着粉红的白色玫瑰花瓣;我拿起软塌塌的旧鞋,仿佛它们是某位男士放在我门口的银色花束。我吻了吻镜子里的自己,然后跑着离开了房间,心情是快乐的,动作是匆忙的,而且带着合乎时宜的疯狂。

我迟到了,绅士先生有些生气。他递给我一朵兰花,这是一朵有着两种紫色的兰花——浅紫色和深紫色。我把花别到了毛衫上。

我们去了格拉夫顿街附近的一家餐馆,爬上餐馆狭窄的楼梯,来到一个昏暗的,几乎是黑乎乎的小房间。墙上贴着红白条相间的墙纸,壁炉上方挂着一幅棕黑色的肖像画。画框是厚厚的金边框,我不确定画的是男人还是女人,人物的头发被一顶黑色圆帽遮住了。我们靠窗坐下。窗子半开着;风把尼龙窗帘吹了进来,窗帘轻轻拂动着桌布,吹着我们的脸。和以前一样,我们都很羞涩。窗帘是白色的,印着泡沫图案,像夏日里的云朵。他系着一条新的佩斯利花纹领带。

"你的领带很好看。"我拘谨地说。

"你喜欢吗?"他问。真是痛苦,直到第一杯酒端上来,他才温柔了一点,开始对我微笑了。桌上的酒瓶里插着一支点燃的红蜡烛,房间变得迷人起来。我永远不能忘记他弯腰捡餐巾时高耸的颧骨上那抹苍白。他轻轻拍了我的膝盖一会儿,然后用他常有的那种缓慢、强烈、痛苦的眼神看着我。

"我饿了。"他说。

"我饿了。"我说。他不知道我刚才在来见他的路上吃了两个小面包。我特别喜欢小面包,尤其是糖霜小面包。

"虽然是有各种各样的事情。"他说着用勺子舀了一勺甜瓜。我觉得他就像甜瓜,清爽,冰凉,苍白,沁人心脾。宽大的亚麻桌布下,他把自己的脚踝和我的绕在一起,这个夜晚开始变得完美起来。蜡烛油滴在了桌布上。

过了十一点,我们往回开。我邀请他进去时,他很高兴。门廊和楼梯上廉价的地毯让我很不好意思。一进会客室,我便闻到一股陈腐的霉味。他在沙发上坐下,我隔着桌子坐到他对面的一张高背椅上。喝了酒之后,我心情很不错，给他讲了我的生活，讲了我怎么在舞池里摔倒，怎么上楼，然后整晚都在喝汽水的事情。他被逗乐了，但没有放声笑出来。总是那种微笑，遥远、迷人。我喝了不少酒，头已经晕了。但是身体里那一小点清醒的部分在注视着我其余的部分是多么快乐，听着我自己说着那些快乐的、傻傻的事情。

"坐过来，离我近点。"他说。我走过去，静静地在他身边坐下。我可以感觉到他在颤抖。

"你快乐吗？"他问，用手指摩挲着我脸的轮廓。

"是的。"

"你会更快乐的。"

"为什么？"

"我们会在一起的。我要让你感受到我的爱。"他几乎是在耳语，不停往窗户那边不安地看去，好像有人会从后院里看着我们似的。我走过去拉上了百叶窗，那个房间里没有窗帘。我回到他身边坐下时，脸都红了。

"你介意吗？"他问。

"什么时候？现在吗？"我抓住毛衫的前襟，认真地看着他。他说我看上去像受到了惊吓。我并没有受到惊吓，只是感到紧张，某种意义上，还有些悲伤，因为我的纯真时光即将走到尽头。

"宝贝。"他说着，用一只胳膊搂住我，让我的头俯下来倚在他肩膀上，我的脸颊触到了他的脖子。一定有几滴眼泪流进了他的领子,他用另一只手轻轻拍着我的膝盖。我感到又兴奋,又温暖,心跳得非常剧烈。

"你会法语吗?"他问。

"不会,我在学校学的拉丁语。"我说。在这样的时刻,我竟然说起了学校里的事。我简直要为我不可救药的幼稚而杀了我自己。

"呃,有一个很合适的法语单词。意思是……一种……氛围。我们要去一个合适的氛围里待几星期。"

"去哪儿?"我惊恐地想到了遍布爱尔兰每个中心城镇的那些旅馆,早餐供应的是培根和鸡蛋,酱料瓶上沾着滴下来的番茄酱,方格桌布上肉汁斑斑。而且,外面还会雨水涟涟。但我其实应该想到,绅士先生会很细心的。他向来如此。他甚至都把车正好停在我们吃饭的那家餐馆门口,免得从街上走到停车场时被人看到。

"维也纳。"他说,我的心脏顿时翻腾了好几个回合。

"那儿好吗?"

"那儿特别好。"

"那我们要干什么?"

"吃饭、散步。到了傍晚,我们就去山上的餐馆吃饭,坐在里面喝着红酒,看着下面的城市。然后,就上床睡觉。"他淡淡地说着,我此时对他的爱超过了以后会给任何一个男人的爱。

"这样好吗?"我问,只是想让他给我一个确定的答复。

"是的,这样挺好。必须找个地方透透气。"他略微皱了一下眉头,我就忽然好像看到自己再回到这间房间,过着同样的生活,身边却没有他。

"但我一直都想和你在一起。"我急切地看着他。他笑了一下,轻轻地吻着我的脸颊。如细雨初降般温柔的吻。"你会一直爱我吧?"我问。

"你知道的,我不喜欢你这样。"他说着,摆弄着我毛衫最上面的扣子。

"我知道。"我说。

"那你为什么要问呢?"他温柔地问。

"因为我忍不住。因为没有你我会发疯。"

他久久地看着我。他的眼神中夹杂着性感和神秘;然后,他非常温柔地念着我的名字("凯瑟琳")。当他那样念着我的名字时,我能听到芦苇在轻轻叹息,能听到杓鹬在哀哀鸣叫,能听到萦绕着爱尔兰的所有孤独的声音。

"凯瑟琳,我想跟你说句悄悄话。"

"说吧。"我说。我把头发别在耳后,他轻轻按住,因为一不注意它们就又滑回去了。他身子靠过来,嘴唇凑近我的耳朵,先吻了一下,然后说:"让我看看你的身体。"

"如果我不好看,你会改变主意吗?"我遗传了母亲性格中的多疑。

"别傻了。"他说,然后帮我脱下了开衫。我不能决定是先脱上衣,还是先脱裙子。

"别看。"我说。我很为难。我不希望让他看到吊袜带之类的东西。我先脱下裙子和裙子下面的衣物,再脱掉上衣,棉布内衣,最后,解开了胸罩,那件黑色的胸罩,然后就站在那里,轻轻地发着抖,不知道该把胳膊放在哪里。最后,我把手放在喉咙前,这是我不知所措时经常做的动作。那里是我唯一能感觉到温暖的地方,有头发盖着脖子和后背的上部。我走过去坐在他身边,依偎着他,这样能得到一点温暖。

"现在可以看了。"我说。他放下掩住眼睛的手,羞涩地看着我的肚子和大腿。

"你身上的皮肤比你的脸白。我以为会是粉色的。"他说,然后吻遍了我的全身。

"这样我们去那里之后就不会害羞了。我们已经互相看过了。"他说。

"我还没有看你。"

"你想看吗?"我点点头。他解开裤子的吊带,裤子滑了下去,垂在脚踝上。他又脱下其余的衣物,迅速坐下来。脱去了那身乌黑的西服、笔挺的衬衫,他看上去远远不像之前那样出类拔萃。花园里传来了什么动静,也可能是前厅里的?我想,要是乔安娜突然穿着睡衣冲进来,看见我俩像傻子一样裸着身体坐在绿色绒面沙发上,那场面该有多恐怖。她会喊出来,叫来古斯塔夫,隔壁的那些女人也会听到她的喊叫,警察也会跑来。我诡秘地看着他的身体,笑出了声。太滑稽了。

"有什么好笑的?"我居然笑了,他很恼怒。

"它和我的兰花的浅色部分颜色一样。"我说着看了看那朵兰花,它仍然别在我的毛衫上。我摸了摸它。不是我的兰花。是他那个。它很柔软,难以置信的温柔,像是花朵里面的部分,然后它动了动。它动的时候让我想起一个存钱罐,每次你把一个硬币放进去,上面的小黑人就会把脑袋摇一摇。我把这个告诉了他,他疯狂地、久久地吻着我。

"你是个坏女孩。"他说。

"我想当个坏女孩。"我睁大眼睛回答。

"不,不是真的,亲爱的。你很可爱,我见过的最可爱的女孩。我的乡下女孩,长着乡下颜色的头发。"他把头埋进我的头发里,嗅了一会儿。

"亲爱的,我不是铁打的。"他说着站起来,从脚踝上拉起了裤子。我站起来取我的衣服时,他抚摸着我的臀部,我知道,我们在一起的那一星期一定会是美妙的。

"我给你泡一杯茶。"穿好衣服后我说。他用我的梳子把自己的头发梳好了。

我们踮着脚走到厨房。我打开了煤气炉,接水的时候让水龙头的水沿着水壶内壁流进去,没发出一点声响。冰箱锁上了,因为赫尔曼经常会半夜三更突然饿得不得了。但我在一个忘了收起来的罐子里发现了几片放了很久的饼干,饼干已经软了,不过他还是吃掉了。喝完茶他就离开了。那天是星期五,他要去乡下长途旅行。工作日的晚上,他会待在斯蒂芬绿地的一个男士俱乐部。

我站在门口,他摇下车窗,挥挥手和我道别,然后无声无息地开车离开了。我走进房间,把兰花插在一杯水里,拿着它上了楼,把它摆在床边的橙子箱子上。那天,我幸福得难以入眠。

19

来了几个人修剪人行道边上的树。修剪完后,除了粗粗短短的树杈,什么都没有留下。不知为什么,这样看起来很丑陋。柔软的纸条剪掉了,新萌发的嫩芽也剪掉了。这个季节真不是修剪树枝的时候,不明白他们为什么非要这么干,除非是有人抱怨树枝挡住了他们客厅的阳光。

但是我太开心了,没太注意这些树。我们要一起远行了。他会乘坐飞往伦敦的一班飞机,而我会乘坐他后面的那一班。他说这样好一些,怕万一有人在机场看到我们。

我很快乐,他也很快乐。我们常在会客室一坐就是几个小时。这时我会看着他的脸,他骨感、禁欲的脸,挺直的鼻梁,意味深长的眼睛。由于台灯的黄色灯罩,他的眼睛映出琥珀色的光泽。有几个晚上,我把电热器插上了,但我担心乔安娜在楼上能闻到气味。

"你知道我担心什么吗?"他握住我的手轻轻抚摸着。

"你的低血压？还是你的年龄？"我笑着说。

"不是。"他轻轻拍了一下我的脸颊。

"那是什么？"

"要回来。与你分开。"

但我不想考虑回来的事。我只想一起外出的事。

"你以前这样外出过吗？"我焦虑地问。

"不要问我这个。"他微微皱起了眉头。他的额头是泛黄的白色，似乎皮肤下面是柠檬汁，而不是血液。

"为什么？"

"没意义，真的。如果我说有过，你就会伤心。"

然而我已经伤心了。没有人能真正属于他。他太超然了。

"你从飞机上下来时，我会看着你的。"他说。然后他拿出记事本，我们试着确定一个日子。我必须从房间里出来才能思考；不是任何一星期都适合我出行，而且他的胳膊搂着我时，我便无法思考了。最后，我们终于把哪个星期走确定了下来，他用铅笔做了记录。

接下来的日子里，我只想着这一件事情。洗脖子的时候，我的肥皂泡泡是为他而揉；在商店里称蔗糖的时候，我自顾自地唱起了歌。我免费送孩子们大麦糖，还给威利买了个领结，配他星期天穿的衬衫。走在街上时，我一路都在自言自语，设想我们会有什么样的对话。我对来往的每个人都报以微笑，我扶老奶奶过马路，还和公交车售票员调笑。

也有一些小事让我烦心,我必须请一星期的假。伯恩斯先生倒是好说话,但睡眼惺忪的伯恩斯太太总能猜到你的小心思。

而且我已经不再望弥撒了,也不再做告解了,这些都停了。但最要紧是,我的内衣不够穿。我需要一件顺滑的蓝色透明睡袍,这样在睡觉前我们可以跳一曲华尔兹。但是说实话,对于真正上床这件事,我总是有些逃避。

妈妈有几件好看的睡袍,但我把它们留在抽屉里了,也不知道父亲在拍卖家具前有没有取出来。我倒也可以写信问问他,但一想起他,我就感到心悸。我已经有六星期没给他写信了,而且也不想再写。绅士先生提到过父亲,说他得了流感,那些修女在照顾他。

这时我想到可以问问乔安娜。芭芭走了之后,我和乔安娜相处得很和睦。我会帮她洗洗碗碟,有一晚喝完茶后还一起去看了电影。乔安娜笑得太过了,鼻子里发出哼哼的声音,坐在隔壁的一对情侣都被吓到了。

"我要去维也纳。"那个清新的春夜里,我在我们往家走的时候告诉她。夜晚的空气中飘荡着紫罗兰的浓郁花香。乔安娜挽着我,我有些不大自在。我不喜欢被女人挽着。

"我的上帝啊!干什么去?"

"和一个朋友一起。"我漫不经心地说。

"一个男人?"她的眼睛瞪得老大,惊愕地看着我,仿佛男人是怪物一样。

"是的。"我说。和乔安娜聊天不费劲。

"那个有钱男人?"她问。

"那个有钱男人。"我说。这时我突然开始焦虑,我的机票钱和住酒店的费用。他是打算让我自己付吗?

"挺好的。维也纳很漂亮。歌剧院,好极了。我还记得哥哥们为了我的二十一岁生日,晚上花钱请我看歌剧。他们送给我一块手表,十五克拉的金子。"这算是乔安娜最为怀旧思乡的时候了。我仍然在为机票钱忧心忡忡。

"你能借给我一件睡袍吗?"我问。

她一开始没说话,过了一会儿说:"可以,但你一定要非常小心,那是我度蜜月时穿的。三十年了。"惊得我脸都有点白了。我为她拉开大门,古斯塔夫正站在门口,双手伸了出来,像是在乞求施舍。有什么事不妙了。

"赫尔曼。他又那样了,乔安娜。"他说。乔安娜箭一样跑进门,冲上楼梯。她一步两级跨上台阶,短裤的裤腿都能看见了。她人还没到,一连串德语就哗啦啦先她而拥上了楼。我听见她猛烈摇晃着赫尔曼房间的门的把手,然后使劲敲着门,最后咣咣地砸起门来了,嘴里喊着:"赫尔曼!赫尔曼!你今晚就给我走!"赫尔曼一声不吭。但是我上楼后,似乎听到他的门后传来了哭声。

他得了流感,一整天都没下过床。

"出什么事了?"我在想他们是不是都疯了。

"他的肾。他的肾有问题。我最好的毛毡床垫,我那么好的纯亚麻床单啊。"乔安娜说。我们站在狭窄的楼梯拐角等他开门,乔安娜哭了起来。

"不要叫他了,乔安娜,明天早上再说吧。"古斯塔夫上楼来,站在往左拐的那节楼梯上。但乔安娜哭得更厉害了,念叨着她的床垫和床单,可以看出来古斯塔夫被她弄得有些尴尬。乔安娜脱下她的白色针织外套,把碎头发从领子上挑走。

我走进自己的房间,几分钟后她也进来了,手里拿着那件睡袍。睡袍折叠着包在绉纸里,她打开时,樟脑丸咕噜噜掉出来滚落到地板上。这是件浅紫色的睡袍,也是我见过的最宽大的睡袍。我穿上它,看着就像圣心剧团里扮演麦克白夫人的女演员。穿着它完全看不出我的身材。我系紧了紫色腰带,可看起来仍然土里土气的。

"好看。真丝的。"她抚弄着袖口深深的褶边说。褶边垂下来,几乎完全盖住了我的手。

"好看。"我说。他会闻到这股樟脑丸味,打整整一星期的喷嚏,然后回到家还使劲回忆我到底像他哪个姨奶奶。不过,总比没有回忆强。

"让古斯塔夫看看。"她说着整理了一下睡袍,让它打着松松的褶从腰部垂下来。我下楼时,她举着裙边,似乎我穿的是一件婚纱。

古斯塔夫脸红了,说:"很不错。"

"你记得吗,古斯塔夫?"乔安娜说,冲着古斯塔夫咧嘴笑起来。

"不记得了,乔安娜。"古斯塔夫正在看晚报上的广告。他说赫尔曼必须走了,他们要重新找一位举止得体的先生做房客。

"你记得吗,古斯塔夫?"乔安娜说着走到了他身边。但是古斯塔夫否定了,似乎是不想记起这件事。乔安娜受伤了。

"这些人都一个样。"我们准备晚餐托盘时,乔安娜说,"所有男人,他们都是一个样。心里没一点柔软。"我却想到了绅士先生身上非常柔软的一个地方。不是他的脸。不是他的个性。而是他柔软、哀求的身体上的一部分。

"你要注意了,可别怀上孩子。"乔安娜说,我笑了。这不可能。我的认知是,夫妻一定得结婚很久后,妻子才能怀上宝宝。

吃晚饭时我还穿着那件睡袍,因为我里面还穿着自己的衣服。我们待到很晚,看了所有广告,最终古斯塔夫找到了一个合适的房客。

"意大利音乐家求租,外国房东,包食宿。"古斯塔夫从边柜上把墨水拿过来,乔安娜在天鹅绒桌布上铺了一张报纸，然后打开瓷器柜的锁，从里面拿出一张有信头的信纸。瓷器柜是上着锁的，因为赫尔曼惯于从里面偷信纸，用来给他母亲和姐妹们写信。

我的可可奶上结了一层奶皮，我用勺子挑起来。可可奶凉了。

古斯塔夫戴上眼镜，乔安娜把那支没有笔帽的钢笔拿给他。这是他们在路上捡到的，写起来像邮局用的那种笔。

"今天是几号，乔安娜？"他问。乔安娜走到墙上的日历前眯起眼睛瞅着。

"5月15号。"她说。我感觉到自己浑身开始变得冰凉。晨报就在茶点小车上，我伸手到扶手椅的靠背后面把它拿了过来。第一页，周年版块下面，就是为妈妈发的一条纪念信息。四年。才短短的四年，我就忘了妈妈去世的日期；至少也是忽略了这个日期！我觉得无论妈妈现在在哪里，她都不会再爱我了，我跑出房子哭了起来。而他却还记得，这让我更加难过了。我回忆着那条信息，那条只有寥寥数语的简单信息，下面附着父亲的签名。

"凯瑟琳！"乔安娜跟着我跑到前厅。

"没事，"我隔着楼梯护栏说，"没事的，乔安娜。"

但整个晚上我都没有睡好。我在睡袍下蜷缩着双腿，浑身发着抖。我等待着有人能来温暖我。我想我是在等待妈妈。我惧怕的所有事情都一件件涌进脑中。醉醺醺的男人。喊叫。血。猫。剃须刀片。疾驰的马。那是个可怕的夜晚,卫生间的门一直拍打着。三点钟左右,我起来关上卫生间的门,从热水龙头接了一热水袋的水。热水袋不是我的,我知道如果芭芭还在这儿,一定会警告我,这个热水袋会传染什么病,比如脚癣、皮炎什么的。我想芭芭了。她总能让我保持理智,让我不要胡思乱想。

我回到了床上,但刚过八点,乔安娜就把我叫醒了,还给我端来了一杯茶。我睁开眼时,她正在拉开窗帘,让阳光照进来。我看着裂了缝的灰色天花板,心里不再恐惧了。下个星期六,我们就要远行了。

我喝完茶,按摩了一会儿胃,一听见赫尔曼在隔壁有动静,就赶紧跳下床去抢先一步占用卫生间。

20

接下来的一星期过得飞快。我修了眉,收拾好行李箱,买了明信片,准备给乔安娜寄几张,怕在那里买不到。我洗干净发刷,把它放在窗台上晾干,还借了芭芭的两条裙子。给芭芭的信中,我说我得了流感,但只字未提借她的裙子的事,也没说我要出门。芭芭是不能信任的。

星期四上午,我收到希基的一封信,是通过布伦南家转过来的。希基说他下星期二要坐邮船来都柏林,让我去见他。信里没有说他是否结婚了,我十分好奇。他的拼写提高了不少。然而,我只能给他回一封电报,说不能见他了。我觉得自己既愚蠢又不忠诚,不仅对希基,我曾经最好的朋友如此,对杰克·霍兰、玛莎、布伦南先生也是如此。对我生命中所有真实的人都是如此。绅士先生不过是个幻影,而我渴求的正是这幻影。我发了电报,立刻强行让自己忘记希基,只去想我们的维也纳假日。

我能看到自己坐在床上,腿上放着一个大大的早餐托盘的样子。我能看到这个托盘上面放着杯子,还放着一个加热过的褐色陶盘。我会揭开盘子的盖子,发现里面放着烤得金黄的面包条,黄油充分浸透了每条面包。有时,我幻想他在熟睡,我则轻轻地挠他的额头唤他醒来;有时又幻想他醒着,拿着一杯橙汁在喝。我感觉星期六永远都不会到来了。

但它到来了,而且是个下雨的星期六。我的计划被大雨扰乱了。我要戴一顶饰有羽毛的白色帽子,绝不能让雨水打湿。这顶帽子很好看,正好适合我的头型,帽子上的羽毛弯曲下来,垂在耳朵上面,给我的脸蒙上一种羽毛般的温柔色彩。

四点钟我离开商店时,伯恩斯先生把工资发给了我,还额外给了一镑作为回来的路费。我告诉他们我有个阿姨快去世了。

"天哪,这么大的雨,你不能出去的。"他说。

"不走就赶不上火车了。"他进门廊给我拿了把旧雨伞。天赐的礼物,现在可以戴着我的帽子了。我简直想亲他一下。我觉得他也期待我这么做,因为他理了一下自己棕色的小胡子。

"再见了,小姐。"威利给我拉开门。外面的雨瓢泼一样倾泻下来,打在我腿上,彻底淋湿了我的长筒袜。乔安娜已经准备好了茶,还把一本小单词书借给了我,上面有英语和德语。

"小心,别丢了。"她警告我。我把单词书放进包里。

"不在的时候,不收你的钱。"她笑容满面地对我说。一切都是如此顺利。新房客那天晚上就要来了,所以乔安娜心情很好。

"我的上帝啊,你真美呀。"我穿着黑色大衣、戴着白色羽毛帽子下楼时,乔安娜说。

我用粉饼扑白了脸,还用绿色睫毛膏把眼睛刷得幽深。

长长的红褐色发卷蓬松地披在我肩上。我虽然个子很高,胸部也发育得很丰满了,但仍然是年轻女孩的那种天真模样。没有人会猜到我是要和一个男人一起出行。

我把手套放进包里,免得被雨水打湿。这是妈妈的一双小山羊皮手套。手腕处钉扣子的地方有一点点铁锈印,但这仍然是双漂亮的手套。

我出门时仍下着雨。我要提箱子,还要打伞、提手提包,手忙脚乱的。一个电报员骑着摩托车经过,把雨水溅到了我的长筒袜上。我在他背后骂了一句。我很快就上了一辆公交车,提前二十分钟到了。

我们约定在码头上的一个娱乐宫外会面。他从办公室过来接我很方便,但确定地点的时候,我们谁也没料到会下雨。

我站在一家糖果店外的门廊下,放下行李箱。手淋湿了,我在大衣衬里上擦了擦。商店深处有几台老虎机,还有一间小屋,几个男孩在里面玩斯诺克。男孩们穿得都很相像,彩色运动上衣、贴身格子呢长裤。他们都该理发了。

雨小了,现在只是在滴雨点了。我看了看手表,他送给我的那块颜色像飞蛾的金粉一样的小手表;他迟到十分钟了。利菲河对面教堂里的钟响了七下。我挨个看着所有开上码头的车。

七点半的时候,我开始着急了,因为我知道他坐的那班飞机八点半就要飞了,我的也不到九点就要起飞。我坐在行李箱沿,尽量装作在专心想事情。不时有去玩斯诺克的长发男孩进进出出,他们在议论我。我开始数附近小道上的石板,心里想,如果他现在来了,而我正在数石板,没看到有车开到路边来,那他就得按一下喇叭叫我。我知道他的车喇叭声是什么样的。但我把石板数了三遍,他仍没有来。将近八点了,利菲河岸的石灰岩墙上,鸽子和海鸥在踱来踱去。

"你在等人吗?"糖果店的女人问我。胖胖的女人,头发染成了金黄色。

"我在等我父亲。"我说,"我们要去一个地方。"

"进来坐吧。"她说。我进去,坐在了一张藤椅上。坐下去的时候,椅子咯吱咯吱地响着。为了打发时间,我买了一瓶橙汁,用吸管慢慢喝了起来。每过几分钟,我都会出去看一下。现在我已经心急如焚了,他到了之后,我一定要告诉他我刚才有多急多慌。我穿过马路,看着一艘运健力士黑啤的驳船沿河而上。河水是褐色的,污浊不堪,墙壁上沿沾满白色的鸟粪。这时,他的黑色小车呼啸着开上了码头,我急忙跑到路边冲他招手。但车开了过去。这辆车和他的一模一样,除了车牌号码。我回到店里继续喝我的橙汁。

"能急死人,是不是?"金黄色头发的女人对我说。她叫多丽。玩斯诺克的男孩们都这样叫她,他们对她很放肆。

现在我整个人都不耐烦了。我坐不住了。我已经等得浑身狂躁了。外面的街灯亮了,湿漉漉的灯泡散发出朦胧的黄光,街道蒙上了一种夜晚的神秘色彩,那是我一直以来都喜欢的神秘色彩。撑着遮阳篷的铁杆上挂着亮亮的雨滴。雨滴挂了一会儿,滴落在一个路过的男人的帽子上。我想,就是在这时,我第一次在心里承认,他也许真的不会来了。但这个念头只是在我心里一闪而过,我便不允许自己这样想了。我买了一份女性杂志,找我的星座解读。但杂志已经出版一星期了,所以我的星座运势也失效了。

"亲爱的,恐怕我们现在要打烊了。"多丽说,"要不要进厨房坐一会儿?"

我对她表示了感谢,说不用了。我怕他到了,而我却不知道。多丽从收银台取出钱来清点，然后把钱放进一个黑色的大手袋里。

"晚安，亲爱的。"她说，然后在我身后关上了门。我在门廊里坐下。人们从我身边经过，都耷拉着头。阴沉、悲伤、没什么分别的人们，不知要去向哪里。两个海员从我身边经过，向我挤着眼睛。他们不停地回头，但看到我没有一点兴趣，就往前走了。

雨断断续续地下着。

现在，我明白他不会来了；但我还是坐在那里。过了一两个小时，我站了起来，拿起自己的东西，沮丧地向奥康奈尔大街的公交车站走去。

乔安娜听到大门的吱呀声便跑了出来。她挥着双手，油光满面的胖脸喜笑颜开。房客已经到了。

"真正的绅士，很有钱，很贵的。你会喜欢他的，多好的人。纯正的小猪皮手套，好①西服，什么都好。"乔安娜说。

"来，见见他。"她握住我湿漉漉的手腕，想哄我高兴。这时她看见我哭了。

"哦，电报，一份电报。你刚走，但我不能去追你，新人要来了，我不能离开房子，怕万一他到了，房子里没人。"乔安娜希望我不会生气。我摘下帽子，扔到门厅

---

① 原文为德语。

的衣帽架上。现在,那顶帽子已经变成一只湿透了的灰母鸡。

"我为你伤心。这样也好。"乔安娜说,她的下巴朝房子里努了努。

我打开电报,里面写着:

> 一切都不顺利。你父亲威胁我。我妻子再次精神崩溃。抱歉被迫沉默。万不能见你。

下面没有签名,是清早从利默里克的邮局发出的。

"来吧,见见我的新朋友。"乔安娜用恳求的语气邀请我。我摇摇头。我要上楼去大哭一场。

我在床上哭了很久很久,直到开始感觉到全身冰冷。不知为什么,人哭上几小时后就会感觉发冷。后来我下了床,开了灯,下楼去泡杯茶喝。电报还在我手里握着,揉成了一团。我又读了一遍。上面仍然写着同样的话。

我把水壶放在煤气灶上,习惯性地去餐桌上拿我的杯子,乔安娜经常会在睡觉前把吃早餐用的东西摆好。我走到门口,听到里面有一声响动。我从门边上往里瞅,正好撞见一个陌生的年轻男人,他一只手拿着一把铜乐器,另一只手拿着一块擦拭布。

"对不起。"我说,赶紧从桌上拿了杯子,跑出了门。我这张脸看起来一定棒极了,哭得一塌糊涂。

我泡好了茶,才想起来他一定会觉得这个房子里的人太古怪了,于是走到外厅朝里面问:"你想喝杯茶吗?"我不想让他再看到我的脸。

"不说英语。"他说。

老天,我心想,好像这和你喝不喝茶有什么关系似的。

我给他倒了杯茶,端了进去。

"不说英语。"他又说,还耸了耸肩。

我走出厨房,就着茶吞下两片阿司匹林。几乎可以肯定,这一晚将是个不眠之夜。